내겐 너무 예쁜 당신

내겐 너무 예쁜 당신

이길수 지음

황금나침반

남자가 한 여자를 만나 사랑을 했다.
기쁠 때나 슬플 때나 함께한다는 맹세도 했다.
어느 날 예고 없이 닥친 비극…
하지만 이 비극도 남자의 사랑을 끊지 못했다.
빛노 없는 어둠 속에 갇힌 여자를 일으켰고
그녀를 움직이게 했다.
쉽게 만나 쉽게 헤어지는 인스턴트 사랑의 시대.
지고지순한 기다림이 빛을 잃고
사랑의 기적은 없다고 세상이 말할 때
남자는 하나뿐인 여자를 바라보며 다시금 사랑을 다진다.
다시 한 번 기적을 꿈꾼다.

— 〈인간극장〉 중에서

글머리에

해가 짧아지면서 일을 끝내고 병원으로 돌아올 무렵에는 어느새 사방이 캄캄해져 있습니다. 병원 입구에 들어서면 버릇처럼 아내가 있는 병실부터 먼저 올려다보게 됩니다. 환하게 불을 밝히고 있는 창문 너머에서 아내가 나를 기다리고 있다는 사실, 그것 하나만 생각하면 어느새 하루의 피로가 풀리고 마음이 뭉클해집니다.

아내가 사고를 당하고 벌써 일곱 번째 겨울을 맞았습니다. 처음에는 아내의 코밑에 손가락을 대보며 아내가 숨을 쉬고 있다는 사실만으로도 감사했습니다. 살아 있다는 것, 그 자체가 가장 큰 기적이라고 되뇌곤 했습니다. 그것만 생각하면 하나도 힘든 것이 없었습니다. 남들은 환자를 앞에 두고 웃음이 나오느냐고 말해도 저는 웃었습니다. 내가 웃으면 아내도 그 웃음소리를 듣고 마음속에 작은 웃음이 피어날 것이라고 믿었습니다.

그렇게 4년이 지나자 거짓말처럼, 기적처럼, 아내가 "사랑해…"라는 말과 함께 깨어났습니다. 그러나 아내의 지능은 다섯 살이 되어버렸고, 왼발은 아직 온전치 않아 혼자서는 걷는 것도 힘이 듭니다. 하지만 여기까지 온 시간을 생각하면 앞으로의 날들은 콧노래를 부르며 살아갈 수 있을 것 같습니다. 열이 오르고 경기가 오면서 '이대로 죽을 수도 있겠구나…' 하는 두려움에 벌벌 떨던 순간이나 아무도 알아보지 못하고 멍하니 누워만 있던 때가 아직도 생생하니까요. 앞으로 다시 힘든 순간이 찾아오면 그때를 떠올리며 또 힘을 얻을 것입니다. 우리 가족이 같은 하늘 아래에서 숨쉴 수 있다면 그것만으로 충분하다고, 그렇게 겸손한 마음을 품을 것입니다.

우리 가족의 이야기가 세상에 알려진 뒤 함께 기뻐해 주고 함께 아파해준 모든 분들, 특히 아픈 이를 가족으로 두신 분들께, 우리에게 일어난 기적이 함께 하기를 기도합니다. 우리가 보낸 시간을 한 권의 책으로 엮으면서 기쁘면서도 한편으론 마음이 무겁기도 합니다. 그저 이 책이 작은 격려와 용기를 전해줄 수 있기를 바랄 뿐입니다. 저는 오늘도 병원에서 먹고 자고 합니다. 부디 여러분들도 힘을 내시기 바랍니다.

2005년 겨울
이길수

차례 

아내가 식물인간 상태로 누워 있던 4년 동안 매일매일 일어나는 크고 작은 이야기들을 들려주는 것도 내가 해야 할 몫이었다. 아내가 아무도 알아보지 못하고 멍하니 누워만 있던 때에도 나는 우리끼리 나이를 먹고 우리끼리 시간을 흘려보내고 싶지 않았다. 아내가 모든 걸 다 알기를 바랐고 그래서 나는 아내 곁에서 모든 것을 이야기해주었다. 그러한 마음이 전달되었는지 아내는 과거의 기억을 잃고 다섯 살 아이가 되었지만 내가 자신의 남편이라는 사실만은 한 번도 의심한 적이 없다. 그녀 역시 예전이나 지금이나 '내겐 너무 예쁜 당신' 이다.

◀ 어느 비오는 날, 나는 떨리는 가슴으로 아내에게 사랑고백을 했다. 그후 우리는 바쁜 시간을 쪼개가며 알뜰하게 데이트를 즐겼다. 그렇게 2년을 사귄 뒤 1984년 결혼식을 올렸고, 아들 요한과 딸 레지나가 태어났다. 우리에게는 마냥 재미있고 행복한 일만 있을 것 같았다.

▼ 우리 부부는 주위 사람들에게 "어쩜 그렇게 금실이 좋아요?"라는 말을 자주 듣곤 했다. 가난하지만 남부러울 것 없는 시절이었다.

▲ 딸 레지나의 중학교 입학식 때 온가족이 함께.

▶ 사람들은 내가 아내에게만 매달려 있는 것을 이해하지 못했다. 차라리 간병인을 쓰고 나가서 돈을 벌라고 조언했다. 그러나 나만큼 사랑의 마음으로 아내를 돌볼 수 있는 사람은 없다.

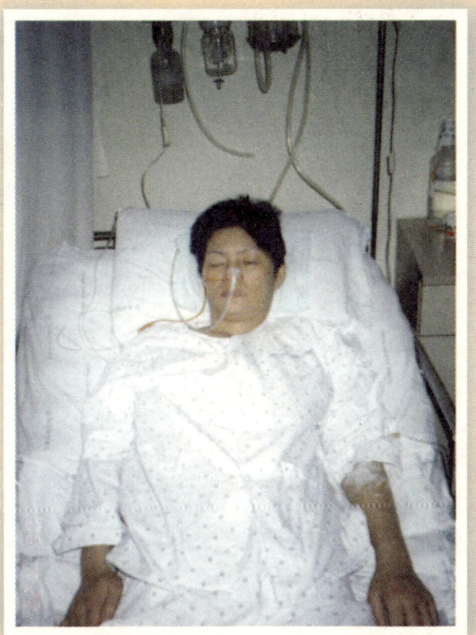

▲ 사고 나기 전 아내와 내가 일했던 흔적들이 고스란히 남아 있는 페인트 작업실. 혹시라도 아내의 기억이 돌아오는 데 도움이 될까 해서 모든 작업도구들은 7년 전 그 자리에 그대로 놓아두었다.

▲ 레지나는 고등학교도 졸업하기 전에 다섯 개의 조리사자격증을 땄다. 엄마아빠가 옆에서 챙겨주지 못해도 내색하지 않고 그 많은 일을 해낸 레지나가 눈물겹도록 대견하고 고맙다.

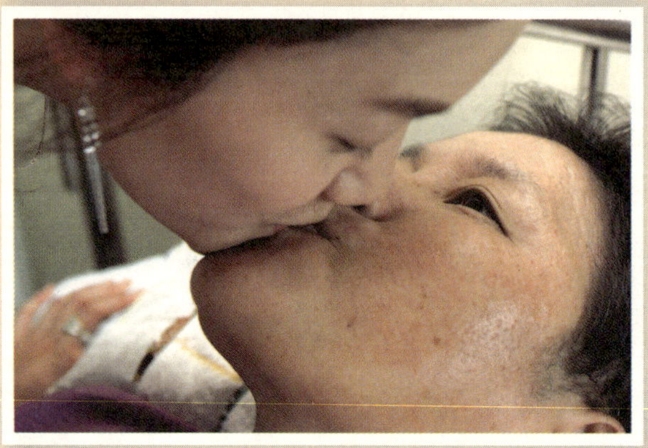

▲ 4년 동안 식물인간으로 누워 있던 아내는 뇌 복원 수술을 받고 기적처럼 깨어났다. 몸을 조금씩 움직이고 간간이 말도 하게 되었지만 아내의 지능은 다섯 살 수준. 기억력도 하루를 못 간다. 깨어난 직후 아내는 훌쩍 자라버린 아이들을 낯설어했지만, 요즘에는 수시로 아이들을 찾는다. 그런 걸 보면 끈끈한 모성애만은 잊지 않은 듯하다.

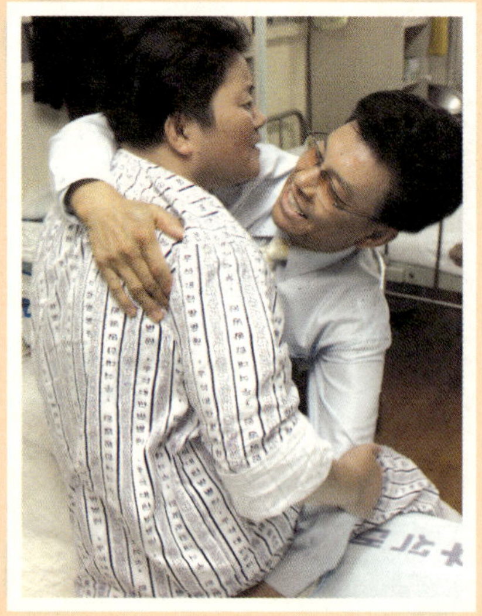

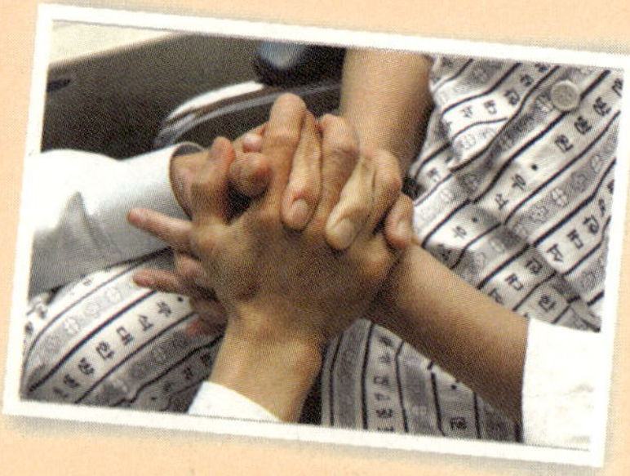

◀ 내가 7년째 아내 곁을 지키며 아내의 손발이 되어 사는 것은 내가 그녀의 남편이고, 그녀가 나의 아내라는 이유 말고 다른 어떤 설명도 필요 없다.

▶ 아내는 분명 조금씩 나아지고 있다. 그 변화는 자세히 눈여겨봐야만 알 수 있을 정도로 미약하지만 나는 느낄 수 있다. 아내가 온전히 제힘으로 걷고 말할 수 있는 날이 언제가 될지 알 수 없지만 나는 포기하지 않는다. 나는 아내가 이 상태로 머물러 있도록 내버려두지 않을 것이기 때문이다.

◀ 아내가 퇴원한 후 나의 바람은 전에는 미처 깨닫지 못했던 평범한 날의 작은 행복을 맘껏 누리며 사는 것이다.

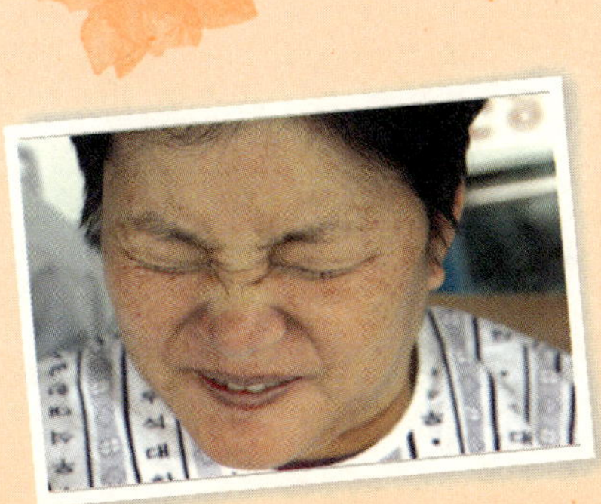

1장

살아만 있어 준다면

잠든 이네를 바라보고 있으니 좀 진까지 마음을 괴롭히넌 쇠셜샴이 나 부실없이 느껴졌다.
'그래, 당신이 이렇게 살아 있는데 뭐가 걱정이야. 기다려보라고 했으니 기다리면 되지 뭐.
당신이 돌아올 때까지 기다리면 되지 뭐.'

여보, 내가 올라갈게

추석 연휴가 끝나고 사흘째 되는 날이었다. 우리 부부는 여느 날처럼 일을 나가기 위해 아침 6시를 조금 넘겨 집을 나섰다. 아침상을 봐 놓고 아이들을 흔들어 깨운 아내는 내가 미리 시동을 걸어놓은 차의 옆자리에 서둘러 올라탔다. 이슬이 촉촉이 내린 채마밭들을 지나 차는 이내 이차선 국도로 접어들었다.

늘 하던 대로 카세트 플레이어에 테이프를 밀어넣자 기다렸다는 듯 이미자의 목소리가 흘러나왔다.

'헤일 수 없이 수많은 밤을 내 가슴 도려내는 아픔에 젖어, 얼마나 울었던가, 동백 아가씨……'

한 소절이 끝나기도 전에 아내가 노래를 따라 부르기 시작했다.

아내는 노래를 제법 잘 불렀다. 목소리도 고왔지만 워낙 노래하는 걸 좋아하는 터라 이렇게 차를 타고 이동할 때는 물론이고 밖에서 일을 하다가도, 집에서 설거지를 하다가도 곧잘 몇 소절씩 흥얼거렸다. 이렇게 매일 듣다보니 언젠가부터는 아내의 노래 소리가 들리지 않으면 적적한 기분이 들어 내가 먼저 몇 곡씩 청하기도 했다. 특히 아내는 자기가 가장 좋아하는 가수 이미자의 노래라면 못하는 게 없었다.

그런데 이상하게 그날따라 아내가 따라 부르는 '동백아가씨'의 노래 가사가 유난히 귀에 들어와 박혔다. 이제 와 생각하면 그날 아내가 흥얼거린 가사는 그대로 내 미래를 예견하고 있었다. '얼마나 울었던가……. 빨갛게 멍이 들었네…….' 그날 아내의 목소리는 유난히 고왔다.

우리가 향한 곳은 집에서 한 시간 반 정도 거리에 있는 완주군 임실면의 관촌교회였다. 교회 앞에 도착하니 우리에게 일을 부탁한 장로님이 먼저 와서 기다리고 있었다.

우리가 페인트를 칠하기로 한 곳은 교회 종탑이었다. 종이 매달려 있는 꼭대기까지 연결되어 있는 시멘트 구조물과 철근에 색을 입혀야 했다. 십수 년 동안 눈, 비와 햇볕에 시달린 종탑은 칠이 거의 벗겨진 채 파란 가을 하늘 아래 우뚝 솟아 있었다. 얼추 보기에도 일이 만만치 않을 것 같았다. 무엇보다 우리가 작업할 때 쓰는 사다리로는 저렇게 높은 곳까지 올라갈 수도 없었다.

"요한 엄마, 오늘은 우리가 할 수 있는 아랫부분만 칠하고 내일 일꾼들이 오면 그때 위쪽을 칠하라고 하자."

"일꾼들이 위에 올라가서 칠하려면 힘드니까, 차라리 오늘 꼭대기부터 미리 칠해버려요."

돈을 주고 부리는 사람이라고 힘든 일만 시킬 수는 없다는 게 아내의 평소 생각이었다. 그래서 정작 힘든 일은 늘 우리 차지가 되다시피 하지만 그게 오히려 맘이 편하다고 하니 어쩔 도리가 없었다. 사실은 아내가 그렇게 나올 거라는 걸 예상하고 있었기 때문에 나도 더는 말리지 않고 작업을 시작하기로 했다.

그러나 교회 종탑은 너무 높이 있었다. 우리가 작업할 때 쓰는 사다리로는 턱도 없으니 장로님에게 우선 사다리차부터 불러달라고 부탁했더니, 몇 군데 수소문을 했는지 잠시 뒤 사다리차 기사와 연락이 닿았다는 전갈이 왔다.

페인트칠이란 게 붓에 페인트만 묻히면 바로 할 수 있는 일이 아니고 준비단계에서부터 꽤 손이 많이 가는 작업이다. 붓질이 잘되게 하려면 우선 작업할 벽을 말끔하게 청소한 뒤에 벽의 종류에 따라 초벌 물들이기나 래커칠 같은 사전작업도 필요하다.

먼저 종탑 아래쪽을 청소하고 재료를 준비하는 동안 오전 시간이 어영부영 지나가버렸고 사다리차 기사가 교회에 도착한 건 점심시간이 다 되어서였다.

일이 있는 날은, 아침을 워낙 일찍 먹고 나서는 탓에 점심때만 되면 어느새 배가 푹 꺼져버린다. 우리처럼 현장에서 몸을 쓰는 사람들은 무엇보다 잘 먹어야 하기 때문에 아무리 바빠도 끼니 챙기는 일이 우선이다. 우리는 사다리차 기사와 함께 근처 식당으로 향했다. 그것이 건강한 아내와 마주앉아 함께 먹는 마지막 식사가 될 줄은 꿈에도 모른 채, 나는 밥 한 공기를 금세 비웠다.

점심때가 지나자 햇살이 제법 따갑게 내리쬐기 시작했다. 바람은 좀 불었지만 그래도 온통 철물 구조인 종탑에 올라 작업하려면 얼굴이 발갛게 익을 만한 날씨였다. 사다리차 크레인에 올라가려고 페인트 통을 챙기고 신발 끈을 묶고 있는데 아내가 입을 열었다.

"여보, 내가 올라갈게."

당연히 내가 올라간다고 생각한 나는 냉큼 아내의 말을 잘랐다.

"왜 당신이 올라가? 내가 올라가야지."

"내가 가볍잖아. 그리고 당신보다 빨리 하니까 내가 올라가야지."

"무슨 소리야. 나도 빨리 할 수 있어."

"내가 가서 냉큼 칠하고 내려올게. 응?"

잠깐 실랑이를 벌이긴 했지만 결국 아내의 고집을 꺾을 수는 없었다. 페인트 일을 시작한 세월로 보자면 아내가 훨씬 선배다. 아내는 일을 시작한 지 어느새 10년째로 접어든 베테랑 숙련공인 반면 나는 고작 경력 3, 4년에 불과한 반숙련공이었으니까.

그러나 나는 그날 아내를 말렸어야 했다. 아내를 말리고 내가 올라갔어야 했다. 지금도 가끔 꿈에서 그 순간을 만나곤 한다. 꿈에서 아내는 말한다. '여보 내가 올라갈게.' 아무리 소리를 지르고 화를 바락바락 내도 아내는 여전히 웃으며 '내가 올라갈게' 하고 말한다. 그건 내 힘으로 어찌 해볼 수 없는 운명이었고 꿈에서도 그것은 변함이 없었다. 그러나 나는 한동안 아내가 나 대신 불행을 짊어졌다는 생각에서 자유로울 수 없었다.

아내가 페인트를 챙겨 사다리차 있는 쪽으로 간 지 몇 분쯤 흘렀을까?

사다리차의 크레인이 움직이는 소리가 몇 초간 그치는가 싶더니 아주 짧은 순간, 불길할 정도로 세상이 조용해졌다. 그리고 갑자기 "나 어째!" 하는 비명소리가 들려왔다.

내가 소리 나는 쪽으로 몸을 돌렸을 때, 아내는 이미 떨어지고 있는 중이었다. 도저히 믿을 수 없는 광경이었다. 순식간에 몸이 얼어붙고 정신이 아뜩해져 아무 생각도 할 수 없었다. 쿵, 하는 소리가 들린 뒤에야 정신이 번쩍 들었다.

생각보다 몸이 먼저 아내를 향해 달려가고 있었다. 그런데 내가 있던 곳과 아내가 떨어진 장소 사이에는 담이 가로막혀 있었다. 아내를 바로 담 너머에 두고 후들거리는 다리를 끌고 돌아가는 그 길이 마치 영원처럼 길게 느껴졌다.

나는 정신없이 "요한 엄마" 했다가 "119" 했다가 다시 "요한 엄마" 하고 외쳤다. 짧은 순간 '이대로 인생이 끝나는가' 하는 막막한 공포가 덤벼들어 눈물이 날 겨를도 없었다.

아내는 의식을 잃고 땅에 쓰러져 있는 게 아니라 땅바닥에 풀썩 주저앉은 채 훌쩍훌쩍 울고 있었다. 내가 나타나자 아내는 엉엉 소리내어 울기 시작했다. 그런데 그렇게 울고 있는 아내의 눈에는 말로 표현하지 못할 커다란 두려움이 담겨 있었다. 아마 내 눈에도 아내와 똑같은 두려움이 담겨 있었으리라. 정신없이 주위를 둘러보니 사다리차 기사가 엉거주춤하게 서 있는 게 보였다.

"이게, 이게, 대체 어떻게……."

나는 너무 놀란 나머지 목소리가 덜덜 떨려서 나왔다.

"아니, 내가 분명히 그걸 안 올렸는데 그게 왜 그랬지? 나사가 빠졌나……."

그도 어지간히 정신이 나갔는지 횡설수설할 뿐 제대로 대답조차 하지 못했다. 우리가 그러는 사이 장로님이 119에 연락을 했고 사람들이 하나둘 모여들기 시작했다.

시간이 얼마나 지났을까? 119 구급차가 교회 앞에 도착했다. 들것을 든 구조대원들이 달려와 신속하게 아내를 들것에 실은 뒤 구급차에 태웠다. 나도 재빨리 아내의 옆에 올라탔다.

구급차의 문이 닫히기 직전, 나는 경황이 없는 중에서도 흘깃 종탑을 올려다봤다. 사다리차에 붙어 있는 디딤판이 뒤집힌 채 대롱대롱 매달려 있는 게 보였다. 도저히 믿을 수 없는 광경, 그건 이 사고가 아내의 잘못이 아니라 기사가 기계조작을 잘못해 일어난 사고라는 것을 보여주는 광경이었다. 어떻게 일어난 일인지는 모르겠지만 어쨌든 그는 20미터 상공에 있던 아내를 바닥으로 떨어뜨린 것이 분명했다.

아내는 계속해서 통증을 호소하며 울고만 있었다. 그런 아내를 내려다보며 "괜찮은 거야? 괜찮아?"를 연발하면서도 떨어진 아내를 처음 발견했을 때의 광경이 자꾸 떠오르며 이상하다는 생각이 들었다.

'20미터 높이에서 떨어졌는데 어떻게 옆으로 쓰러져 있지 않고 그대로 주저앉아 있는 걸까? 담벼락에서만 떨어져도 앞으로 엎어지기 마련인데 어째서 아내는 누가 어깨를 눌러 주저앉힌 것처럼 그렇게 얌전히 앉아 있었을까?'

의식이 멀쩡하다는 것은 너무나 감사한 일이었지만, 한편으론 그것 때문에 두렵기도 했다.

'하느님, 제발 큰 탈이 없도록 아내를 지켜주십시오.'

나는 성호도 긋지 못한 채 마음속으로 기도를 올렸다. 그날 전북대학병원까지 가는 데는 40분이 걸렸지만 내게는 그 시간이 40시간도 더 되는 것 같았다.

나, 머리 아파

병원에 도착할 때까지 아내의 정신은 말짱했다.

"나 다리 아파, 다리 아파."

아내의 입에서 나오는 말은 그게 전부였다. 얼마나 아프면 저럴까 싶어 옆에서 쳐다보기조차 괴로웠지만 그 와중에도 다리만 아프다고 하는 게 그렇게 감사할 수 없었다.

병원에 도착하자마자 방사선과로 옮겨 다리골절 엑스레이 촬영과 뇌 CT 촬영을 했다. 일단 머리에는 큰 이상이 없는 것 같고 뼈만 부러져 있다는 진단이 나왔다. '하느님 감사합니다.' 독실한 가톨릭 신자인 내 입에선 저절로 감사가 터져나왔다.

20미터 높이에서 떨어졌는데 뼈만 부러졌다는 건 기적 같은 일이었다. 뼈는 시간이 지나면 저절로 붙을 것이기에 고생은 하겠지만 큰 걱정은 안 해도 될 것 같았다.

마음을 진정시키며 뼈 사진을 좀 더 찍어보자는 의사의 이야기를 듣고 있을 때 갑자기 아내가 머리를 감싸쥐었다.

"나, 머리 아파."

그것이 시작이었다. 다리가 아프다고 울던 사람이 병원에 온 지 한 시간 반 만에 이번엔 머리가 깨질 것처럼 아프다며 울기 시작했다. 담당의사는 심상치 않다는 표정으로 CT 촬영을 다시 하자고 했고 아내는 바로 촬영실로 옮겨졌다.

지독한 통증이 오는지 아내가 몸을 심하게 흔들어냈다. 간호사 두 명이 그런 아내를 진정시키느라 애를 먹고 있었다. 도저히 아내만 촬영실로 보낼 수 없어 나는 옷을 갈아입고 CT 촬영실로 따라 들어갔다. 아내 옆에 서 있는데 다리가 후들후들 떨렸다. 골반뼈와 다리뼈가 부러질 만큼 강한 충격을 받으며 땅에 떨어졌는데 머리의 충격은 오죽할까? 한기가 온몸을 훑고 지나갔다. 골반과 다리만 다쳤다고 생각한 건 너무 섣부른 판단이었을까? 그러나 그 순간에도 나는 아내가 호소하는 머리의 통증이 사고 충격에서 오는 일시적인 것이기를 간절히 바랐다.

그때 갑자기 아내가 몸을 움찔거렸다. 목울대에서 뭔가 올라오는 사람처럼 머리와 어깨를 끄덕끄덕 움직이던 아내는 순식간에 뭔가를 토해냈다. 그것이 피라는 것을 깨닫는 데는 오래 걸리지 않았다. 너무 놀란 나머지 멍하니 바라만 보던 내 입에서 이내 "사람 죽어요" 하는 소리가 터져나왔다.

기계가 멈춰지고 의사가 달려왔다. 아내의 입은 어느새 닫혀 있었다.

의사는 재빨리 아내의 입에 손가락을 넣어 억지로 벌리기 시작했다. 피를 토하느라 기도가 막혀버려 잠시나마 숨을 쉬지 않고 있었던 것이다. 의사가 아내에게 인공호흡을 하는 동안 나는 어찌할 바를 모르고 그 앞에서 가쁜 숨만 쉬고 있었다.

"요한 엄마, 요한 엄마, 요한 엄마……."

내가 할 수 있는 말은 그것뿐이었다.

잠시후, 손이 피로 범벅이 된 의사가 안도의 한숨을 쉬며 한 걸음 뒤로 물러섰다. 아내의 가슴께가 아주 약하게 들썩이는 게 보였다. 그제야 나도 막혔던 숨을 한꺼번에 내쉬었다. 순간 다리에 힘이 풀려 침대 모서리를 붙잡고 간신히 몸을 지탱했다.

호흡이 돌아오고 얼마 지나지 않아 아내는 의식을 되찾았다. 다들 당황한 눈치였지만 일단 자세한 상태를 알아내는 게 급선무였기에 아내는 피 묻은 환자복을 입은 채 다시 CT 촬영을 계속해야 했다. 촬영은 한 번 더 진행되었다. 그리고 3차 촬영까지 마치고 나자 아까와는 전혀 다른 진단이 내려졌다.

"뇌압이 계속 높아지고 있네요. 지금 수술 받지 않으면 위험합니다."

"뇌압이라뇨?"

"뇌에 물이 차오르면서 압력이 높아지고 있다는 말입니다."

한시가 급하다는 말에 정신없이 수술 동의서에 사인을 하는데 글씨를 제대로 쓸 수 없을 만큼 손이 떨렸다. 겨우 사인을 끝내고 돌아서니 아내는 어느새 수술실로 옮겨지고 없었다.

위급한 상황인 건 알지만 그래도 얼굴을 못 본 것이 마음에 걸렸다.

‘손이라도 잡아줘야 했는데, 얼굴이라도 한번 봐야 했는데.’

수술실 앞에서 서성거리는 동안 자꾸만 그런 생각이 들었다.

불과 몇 시간 만에 아내에게, 아니 우리 부부에게 일어난 모든 일들이 도무지 믿기지 않았다. 한낱 기분 나쁜 꿈이라면 좋으련만 하는 생각밖에 들지 않았다.

고개를 들어보니 창밖은 어느새 캄캄했다. 해가 지고 나자 아이들이 걱정되었다. 아들 요한인 학원에 갔을까, 딸 레지나는 저녁을 먹었을까? 아이들을 떠올리자 그제야 우리 가족에게 어떤 일이 벌어졌다는 사실이 실감나기 시작했다. 그렇다. 아내는 지금 수술실에 있고 나는 수술실 앞에서 아내를 기다리고 있다.

‘지금 할 일은 수술이 잘 끝나기를 기도하는 일뿐이다. 미리 걱정하고 절망하지 말자. 수술이 잘 끝나기만 하면 된다. 수술만 잘 끝나면 된다.’

이 말만 속으로 되풀이하며 수술실 앞을 지켰다. 그 순간 내가 할 수 있는 건 그것뿐이었다.

수술실 문이 다시 열리고 아내가 나타나기까지는 꼬박 4시간 30분이 걸렸다. 침대에 실려 회복실로 옮겨지는 아내는 완전히 달라져 있었다. 머리는 온통 붕대에 감겨 있고 다리 아래로는 크고 둥근 추가 매달려 있었다. 사람의 몸에 저런 추를 달아놓다니, 나는 이해할 수 없다는 표정으로 뒤따라나오는 의사를 바라보았다.

척추와 다리에 쇠막대기를 박았는데 여기에 추를 달아 힘을 고정시켜주지 않으면 뼈가 이상하게 붙어버린다는 의사의 설명을 듣고 나서야 조금 안심이 되었다. ‘요한 엄마…….’ 회복실로 향하는 침대를 따라가며 그렇게 불러봤지만 목이 메어 말소리가 밖으로 나오지 못하고 목 근처에서 그렁대다 말았다. 그래도 나는 아내를 따라가며 끊임없이 요한 엄마를 불렀다. 그렇게 부르지 않고는 두려움을 견딜 수 없을 것 같았다.

아내가 중환자실로 옮겨진 것은 밤 10시가 넘어서였다. 연락을 받고 형님과 누나가 병원에 도착하자 나는 아이들을 데리러 가기 위해 차를 몰고 집으로 향했다.

아침에 집을 나설 때는 함께였는데 돌아가는 길은 나 혼자뿐이었다. 캄캄한 길을 달려가는 동안에도 이것이 과연 현실인지 꿈인지 잘 분간이 되지 않았다. 여느 때 같으면 벌써 집으로 돌아가 저녁상도 물리고 텔레비전 드라마나 보면서 이 얘기, 저 얘기 나눌 시간이었다. 그러나 나는 지금 혼자 집으로 돌아가고 있다. 늘 아내와 함께 가던 길을 혼자 가니 기분이 이상했다. 아침에 듣던 카세트 테이프는 그대로 꽂혀 있는데 옆자리에 아내만 없었다.

큰어머니로부터 미리 이야기를 전해들은 아이들은 차소리에 부리나케 밖으로 달려나왔다. 아침에 입고 나간 내 작업복에 피가 묻어 있는 걸 발견한 레지나의 얼굴이 순식간에 겁에 질린 것을 보고도 나는 괜찮으니 걱정 말라는 말 한 마디 건네주지 못했다. 입이 바싹 말라서 말도 나오지 않아 아이들에게 그저 얼른 차에 타라고만 했을 뿐이었다.

중환자실에서 엄마를 본 아이들 역시 한동안 아무 말도 하지 못했다. 머리에 붕대를 두르고 다리에는 둥근 추가 매달려 있는데다 머리 위에는 온갖 종류의 주사약을 달고 있는 이 사람이 과연 우리 엄마가 맞는지, 도저히 믿을 수 없다는 눈치였다. 나도 믿기지 않는데 아이들이야

오죽할까? 아내뿐만 아니라 침대 곁에 우두커니 서 있는 아이들과 나까지 모두 낯설었다. 누워 있는 아내와 그런 아내를 바라보는 우리, 이 광경 자체가 도무지 믿겨지지 않았다. 그렇게 끔찍하게 사랑하고 예뻐하는 요한이와 레지나가 왔건만, 아내는 눈도 뜨지 못한 채 그저 깊은 잠에 빠져 있을 따름이었다.

얼른 집에 가야지

'뇌병변, 뇌수종, 사지마비, 언어장애, 기질성 치매……' 시간이 지날수록 의사들이 말하는 아내의 병명은 늘어만 갔다.

그 중에서도 가장 심각한 것은 뇌병변과 뇌수종이었다. 뇌병변은 뇌가 손상되어 일상생활에 제약을 받는 중추신경 장애이고, 뇌수종이란 뇌에 수액이 과다 분비되거나 흐르지 못해 고이는 병이다. 역시 사고 당시 가장 충격을 받은 것은 다리도 골반도 아닌 뇌였다. 병원에서는 절망적인 단정을 내리지도, 그렇다고 쉽게 희망을 제시하지도 않았다. 후천적 사고로 인한 뇌의 손상은 경과를 지켜보는 것만이 최선이라는 것이 한결같은 대답이었다. 막연하지만 다른 길이 없었다.

머리를 감싸고 있던 붕대를 풀고 나니 아내의 머리는 한쪽이 푹 꺼져 있었다. 뇌의 상당 부분이 손쓸 수 없게 함몰되어버렸다고 했다. 그 꺼진 자리에는 기구가 장착되었다. 뇌에 고이는 물이라고 할 수 있는 뇌척수액이 정상인은 언제나 150CC 정도를 유지한다. 뇌가 스스로 뇌척수액을 순환시켜 양을 조절하기 때문이다.

그런데 아내처럼 뇌를 다치면 뇌척수액이 순환하지 못하기 때문에 계속해서 물이 차오르게 된다. 뇌에 물이 차기 시작하면 뇌의 압력이 높아져 생명에 지장을 주기 때문에 뇌실과 복막 사이에 관을 연결해서 뇌에 찬 물을 배로 뽑아내주어야 한다.

수술을 해서 몸속에 관을 연결하게 되면 뇌척수액의 양은 조절되지만 대신 환자는 그 순간부터 감염 위험에 시달려야 한다. 감염이 되면 순식간에 열이 오르고 호흡이 가빠져 목숨까지 위태로울 수 있었다. 물론 가장 중요한 건 관이 얼마나 안정적으로 연결되어 제 기능을 하는가였다.

수술에 대한 반응을 살피고 뇌척수액의 양을 점검하기 위해 매일 혈액검사와 소변검사, CT 촬영 등이 이어졌다. 그리고 부서진 골반과 다리뼈가 붙는가를 확인하기 위해 엑스레이 촬영도 병행되었다.

20미터 높이에서 떨어진 아내는 만신창이가 되어 있었다. 모든 뼈와 근육, 신경세포들이 제자리를 찾아 원래의 기능을 수행하기 위해서는 무엇보다 그 모든 것을 관장하는 뇌의 회복이 우선이었다. 그때는 아내의 뇌의 크기가 보통 사람의 반밖에 안 된다는 사실마저도 중요하게 여겨지지 않았다. 아내처럼 뇌를 크게 다친 환자들은 당장 내일이라도 어떻게 될지 아무도 장담할 수 없다고 알고 있었기에 그저 하루하루를 살아가는 것 자체가 기적이었을 뿐이었다.

중환자실에서 며칠을 보낸 뒤 다행히도 아내의 의식은 조금씩 돌아오기 시작했다. 보름쯤 지나자 입을 열고 어눌하게나마 말을 했고 손도 조금씩 움직이면서 사람도 알아보게 되었다.

일주일 만에 일반 병실로 내려온 날, 침대 옆에 나란히 서서 침울한 얼굴로 바라보고 있던 요한이와 레지나를 가리키며 내가 누구냐고 묻자, 아내는 "딸, 아들"이라고 말했다. 이어서 이름을 묻자 "유금옥"이라고 대답했다. 그날부터 눈을 감고 있는 시간보다 뜨고 있는 시간이 많아지고 말하는 횟수도 조금씩 늘어났다.

병원에 온 지 21일째 되는 날, 나는 아내의 얼굴 가까이에 내 얼굴을 들이대고는 장난스럽게 "나 알지?" 하고 물어보았다. 그건 우리 부부가 평소에 자주 하던 장난이었다. "당신 그거 알지?" 하고 물으면 아내는 웃으며 "알긴 뭘 알어" 하고 대답하곤 했다. 그날도 내가 그렇게 묻자 아내는 희미하게 웃었다. 나는 그 웃음의 의미를 알았다. 뒤이어 "알긴 뭘 알어" 하는 대답이 들려왔다. 아내가 그렇게 말하자 명치끝에 걸려 있던 어떤 것이 시원하게 내려가는 기분이었다. 그리고 꼭 예전으로 돌아간 듯한 기분이 들었다.

"얼른 일어나서 집에 가야지."

마음이 들뜬 나는 그렇게 말했다. 왠지 금방이라도 그렇게 될 것 같았다. 아내의 모습은 중환자였지만 내게는 장난기 많은 원래의 아내로 돌아온 것만 같았던 것이다.

그러나 그것이 얼마나 성급한 욕심이었는지를, 나는 얼마 안 되어 깨닫게 되었다. 이틀 뒤 아내의 상태가 갑자기 나빠지기 시작했고 다음날 새벽엔 급기야 혼수상태까지 찾아왔다.

식물인간이 된 환자의 대부분은 가래가 기도를 막는 것을 방지하기 위해 기관지 절개 수술을 받는다. 그러나 아내의 경우는 성급하게 수술을 하는 대신 기관지가 제 기능을 할 때까지 좀 기다려보기로 했다. 그런데 우려했던 일이 벌어졌다. 다행히 혼수상태가 그리 오래 가지는 않았지만 한 번 찾아오기 시작한 혼수상태는 그 뒤로도 두 번이나 더 아내를 괴롭혔다. 이런 상태가 계속 반복되면 환자의 생명을 보장할 수 없게 된다는 경고에 나는 서둘러 기관지 절개 수술을 받기로 결정할 수밖에 없었다.

기관지 절개 수술을 받으러 수술실로 향한 아내는 수술이 끝난 뒤 아쿠아 흡입기를 설치하고 병실로 돌아왔다. 이제 흡입기를 떼어놓은 상태에서는 말도 할 수 없는 몸이 되었다. 기관지 절개 수술로 가래가 기도를 막는 일이 사라지자 아내의 상태는 좋아지기 시작했고 11월로 들어서자 아내는 다시 말을 알아듣고 반응도 보이기 시작했다.

나는 마음을 단단히 먹기로 작정했다. 사고 당시는 물론이고 거듭되는 수술과 세 번이나 찾아온 혼수상태를 겪으면서 고작 한 달 사이에 아내는 몇 번이나 죽음의 문턱까지 갔다가 돌아왔다. 그러나 아내는 그 위기를 이겨내고 살아남았다. 이것은 길고 힘든 싸움이 될 것이다. 이 싸움에서 이기기 위해서는 아내와 나, 두 사람 모두 이를 악물어야 했다.

하루하루를 항생제로 지탱하며 죽음과 싸우고 있는 아내, 아내는 지금 푹푹 꺼지는 허공 속을 계속 밟고 있는 기분일 것이다. 여기가 어딘지, 내가 누구인지도 잊어버린 채 삶과 죽음의 경계에서 허우적대는 아내를 생각하면 나의 괴로움과 고생 따위는 아무것도 아니다.

비록 뇌가 푹 꺼지고 다리엔 추가 달려 있어 남들 눈엔 사람 꼴도 못 갖춘 것처럼 보일지 몰라도 내 눈에는 세상에서 가장 귀한 아내 그대로였다. 이렇게 살아서 얼굴이라도 볼 수 있다는 것이 얼마나 고마운 일인가. 붕대로 감겨진 아내의 꺼진 머리를 쓰다듬고 퉁퉁 부어오른 뺨을 어루만지면서 마음을 다잡았다.

"얼마나 오래 싸워야 할지 모르지만 당신 혼자 싸우게 내버려두지는 않을 거야."

찬바람이 불기 시작하면서 아내의 상태는 눈에 띄게 좋아졌다. 다리에 고정시켰던 추를 7주 만에 제거하고 나자 일어서는 것도 가능해졌다. 움직임도 조금씩 늘어나고 감정표현도 사고나기 전과 비슷한 수준으로 돌아온 것 같았다.

그런데 가끔씩 찾아오는 고열이 문제였다. 한 번 열이 나기 시작하면 40도를 넘어설 정도로 펄펄 끓어올랐는데 병원에선 소변줄을 끼고 있는 환자들이 으레 걸리기 마련인 신우신염이라는 진단을 내렸다. 내과로 옮겨 한 달간 신우신염을 치료하고 재활의학과 6층 병동으로 돌아왔다. 염증을 제거하고 나자 아내의 몸은 한결 더 좋아졌다. 팔걸이를 붙잡고 혼자 걸어다니는 것은 물론 의사소통에도 문제가 없을 정도로 아내는 호전되었다.

조금씩 재활치료도 시작되었다. 죽으로 일관하던 식사도 밥으로 바뀌었다. 재활치료가 끝나면 아내를 휠체어에 태우고 병원 뜰을 한 바퀴 돌아오는 일도 다시 가능해졌다. 날씨가 추워 중무장을 하고 나서야 했지만 바깥 공기를 쐬는 아내의 얼굴은 행복해 보였다.

아내가 재활병동으로 다시 돌아온 날은 12월 31일이었다. 어느새 1999년이 저물고 21세기의 시작을 코앞에 두고 있었다. 언제 병원을 떠날 수 있을지 알 수 없지만 다시 재활병동에 짐을 푸는 우리 부부의 마음은 설렜다. 새해에는 반드시 병원을 떠날 수 있을 거라는 기대가 있었기 때문이다.

텔레비전에선 온통 새로운 21세기, 밀레니엄에 관한 이야기뿐이었다. 건강한 사람이는 아픈 사람이는 이렇게 살아서 새로운 세기를 맞는다는 것은 분명 축복임에 틀림없었다. 몇 년 동안 병원에서 생활해온 사람들도 새해에 기대를 거는 것은 마찬가지였다. 새해엔 걸어서 병원을 나가게 될 거라는 기대감. 다른 환자들과 마찬가지로 우리는 그런 기대에 들떠 텔레비전에서 들려오는 제야의 종소리를 들었다. 그렇게 우리는 재활병원 6층에서 2000년 새해를 맞이했다.

등에 업은 레지나 좀 내려줘요

그날은 레지나가 병실에 와 있었다.

일주일에 한두 번씩 아이들이 찾아오는 날을 아내는 손꼽아 기다렸다. 아이들이 전해주는 이야기를 듣고 있는 아내의 표정은 그렇게 밝아 보일 수 없었다. 학교에서 있었던 일이나 친구들과의 일, 집에서 둘이 투닥거린 일까지 시시콜콜 재잘대는 아이들의 얼굴을 바라보는 순간만큼은 아내 역시 아픈 것도 잊고 행복해 보였다.

레지나와 셋이 앉아 한참 애길 나누다가 나는 쓰레기를 버리러 잠깐 자리를 비웠다. 그런데 병실로 들어서자마자 아내가 갑자기 나를 보며 말했다.

"여보, 내 등에 업은 레지나 좀 내려줘요."

"무슨 소리야?"

"등에 업은 레지나 좀 내려달라고요."

처음엔 장난인 줄만 알았다.

"이 사람, 농담도 잘해요. 레지나 옆에 앉아 있는데 뭘 내려?"

내가 애써 침착하게 말하자 약간 짜증스럽다는 듯 아내의 목소리가 커졌다.

"애가 뒤에서 자꾸 칭얼대잖아. 좀 내려줘요. 안아서 우유 먹이게."

아내의 얼굴은 진심이었다. 순간, 등줄기로 소름이 훑고 지나갔다. 얼굴이 차갑게 굳어지는 게 느껴졌다. 레지나는 놀란 얼굴로 나와 제 엄마를 번갈아 바라보더니 떨리는 목소리로 입을 열었다.

"엄마, 나 여깄어."

"여보, 레지나 여기 있잖아. 당신 옆에 있잖아."

둘이 다급하게 소리치자 그제야 아내는 레지나를 바라보았다. 하지만 그 표정은 꼭 처음 보는 사람을 대하는 모습이었다. 아내는 그렇게 멀뚱멀뚱 바라보기만 하더니 아무 일도 없다는 듯 몸을 돌려 자리에 누워버리는 게 아닌가. 예상치도 못한 아내의 행동은 한마디로 충격이었다. 하지만 나는 '그럴 수도 있는 거지' 하고 스스로를 다독였다. 몇 개월 동안 수차례 수술을 받고 약을 오래 복용하다 보면 잠깐잠깐 정신이 혼란스러워질 때가 있다고 들었다.

'아내에게도 그런 증상이 찾아온 걸 거야. 이건 그냥 가벼운 건망증일 뿐이야.' 속으로 그런 말을 계속해보았다. 하지만 가슴 밑바닥에서부터 올라오는 두려움만은 나도 어쩔 수 없었다.

아내는 분명 조금씩 좋아지고 있었다. 밥도 잘 먹고 걸음걸이도 좋아졌으며 의사표현과 소통에도 무리가 없었다. 그런데 레지나가 돌아간 뒤에도 아내의 이상한 말은 계속되었다. 아니 갈수록 그 정도가 심해졌다. 횡설수설하면서 했던 말을 계속 하고 사람을 알아보지 못하는 일도 반복되었다. 병원측에서는 일단 CT 촬영을 제의했고 촬영 결과 뇌실과 복막 사이에 연결된 관의 위치에 문제가 있다는 결과가 나왔다. 결국 관의 위치를 바꾸는 션트(shunt) 수술을 다시 받기로 했다.

30~40분이면 끝나는 간단한 수술이라는 말에 나는 큰 걱정 없이 수술실 밖에 서 있었다. 그러나 한 시간이 지나고 두 시간이 지나도 수술실 문은 열리지 않았다. 수술실 복도는 서늘했는데도 내 손에선 계속 식은 땀이 흘렀다. 네 시간이 지나서야 수술은 끝났다.

그러나 그것은 끝이 아니었다. 그것은 또 다른 시작이었다. 마취에서 깨어난 뒤에도 아내는 거동을 하지 못했다. 눈앞에 아이들이 있어도 부르지 못했고 손을 내밀어 잡지도 못했다. 시선은 멍하니 천장에 고정된 채 손은 맥없이 침대 위에 얹혀져 있었다. 나는 아내가 사고 직후로 돌아왔다는 것을 깨달았다. 대수롭지 않게 생각했던 수술이 아내를 다시 작년 가을로 보내버린 것이다.

그날도 나는 아내를 휠체어에 태우고 물리치료실을 찾았다. 아내는 변함없이 의식이 없었지만 그래도 물리치료를 중단할 수는 없었다. 션트 수술 직전에 받았던, 어느 정도 회복된 환자를 위한 치료는 받을 수 없게 되어 다시 반응없는 신경을 자극하는 치료기구에 몸을 올렸다. 그런데 초음파 기구로 아내의 다리를 문지르고 있던 물리치료사가 갑자기 얼굴을 찡그리며 코를 감싸쥐었다.

"이상한 냄새 나지 않아요?"

"냄새요?"

그러고보니 어디선가 냄새가 나는 것 같았다. 나는 혹시나 싶어 아내의 엉덩이쪽에 손을 대보았다. 축축하고 묵직한 것이 만져졌다. 아내가 대변을 본 모양이었다.

"좀 전에 변을 보고 왔는데……."

말끝을 흐리며 아내를 침대에 눕히고 서둘러 기저귀를 교환하는데 아내의 얼굴색이 창백해져 있었다. 이상한 느낌이 들어 기저귀를 갈자마자 서둘러 병실로 데려왔다. 그런데 침대에 눕히면서 아내의 손과 발을 잡아보니 손발이 섬뜩할 만치 차가웠다. 깜짝 놀라 여기저기를 만져보니 손발은 차가운데 이마엔 열이 펄펄 끓어오르고 있었다. 이번엔 아내가 갑자기 토하기 시작했다.

토하는 걸 보니 공포가 밀려들었다. 사고난 지 한 시간 반 만에, 아내가 CT 촬영실에서 갑자기 피를 토하던 장면이 떠올랐다. 그것은 아내의 뇌가 잘못되었다는 신호이기도 했다. 지금은 피를 토한 건 아니지만 나는 짐작할 수 있었다. 수술이 잘못되었고 아내의 뇌가 그것에 반응하고 있다는 사실을.

급하게 의사를 불러달라고 했을 때는 이미 경기가 시작된 후였다. 좀 전까지 기력없이 누워 있던 사람이 심하게 몸을 뒤틀기 시작했다. 어느새 눈이 돌아가고 손발이 엄청난 괴력으로 비틀리면서 따로 놀기 시작했다. 의사와 간호사가 달려오기까지 고작 1, 2분 남짓 동안 아내의 강렬한 경기 증상이 계속되었다. 산소호흡기를 끼우고 약을 투여하자 몇 분 뒤 아내는 축 늘어졌다.

고열은 그 이후에도 7일간 계속되었고 아내는 식사까지 중단한 채 약만 복용하며 7일을 견뎠다. 혈액검사와 뇌척수 검사에 이어 배와 가슴의 엑스레이 촬영도 계속되었다. 뇌실과 복막을 연결한 관에 다시 염증이 발생했다는 진단이 나왔다. 배에서 시작된 감염이 관을 타고 뇌실까지 침범하면 고열로 그 증상이 나타난다. 고열 증상을 보이기 시작했으니 다시 관을 바꾸는 것 말고는 방법이 없었다.

며칠 뒤 아내는 다시 수술실로 향했다. 이번에는 예정대로 30분 만에 수술이 끝났다. 수술 직전 38도 9부까지 올랐던 열은 수술 다음날이 되자 37도 3부로 떨어졌고 며칠 오르락내리락 하긴 했지만 며칠이 더 지나자 비로소 안정권에 들어왔다. 그러나 이미 모든 것은 달라져 있었다. 아내는 축 늘어진 채 눈만 뜨고 있었고 밤에도 불안한 듯 눈을 뜬 채 제대로 잠들지 못했다. 예정대로 수술이 성공했더라면, 치매기가 사라지고 정상적인 말을 했어야 했다. 그러나 정상적인 말은커녕 아내는 말 한 마디도 하지 못했다. 등에 업은 레지나를 내려달라는 말조차 할 수 없었다.

병원에서도 수술이 실패했음을 인정했다. "분명 간단한 수술이라고 했잖습니까?" 답답한 마음에 담당의사에게 이 말만 계속 되풀이했지만 병원측에서는 "환자의 몸이 이렇게 반응하는 건 우리로서도 어쩔 수 없는 일이다"는 대답만 할 뿐이었다.

그 상태로 만족할 걸 괜한 욕심을 부렸다고 머리를 쥐어뜯으며 후회해도 소용이 없었다. 그동안 내내 이제 좋아질 거라는 믿음 하나로 버텨왔던 나는 수술 직후 너무나 깊은 상실감에 빠졌다. 이제 팔과 다리에 힘이 조금만 더 붙으면 집에 돌아갈 수 있을 거라 믿었는데, 예전처럼 될 수는 없어도 어느 정도는 회복할 수 있을 거라고 믿었는데, 한 번의 수술이 모든 꿈을 앗아가버렸다. 그것은 가까스로 잡아당겼던 끈이 바로 눈앞에서 툭 끊어져버린 느낌이었다.

기다리자, 여기서 다시 시작하자

3월로 들어선 어느 이른 아침, 나는 고속버스 첫차를 타고 서울로 향했다. 품속에는 아내의 상태를 알려주는 검진 결과와 소견서, CT와 엑스레이 필름이 든 종이봉투가 소중하게 안겨져 있었다.

조금씩 회복 기미를 보이기 시작했지만 수술 전에 비하면 상황은 여전히 암담하기만 했다. 곧 침몰할 것 같은 난파선에 타고 있는 심정이었다. 나는 늦기 전에 지푸라기라도 잡아보겠다는 심정으로 서울에 있는 세 곳의 종합병원에 특진을 예약했다. 만약 서울에서 치료가 가능하다고 하면 바로 아내를 데리고 서울로 올라올 생각으로 첫차에 몸을 실었다.

꽃샘추위가 가시지 않은 서울은 전주보다 훨씬 더 추웠다. 종이봉투를 끌어안고 먼저 세브란스 병원으로 향했다. 모르는 길을 여러 차례 물은 끝에 간신히 병원 앞에 도착해 입구로 들어서는데 병원 담장 아래 꽃

망울을 터트리기 시작한 어린 개나리꽃 하나가 눈에 들어왔다. 추위에 질린 얼굴로 담벼락에 바짝 붙어 있는 것이 꼭 나 같았다.

'우리에게 봄은 언제 찾아올까?'

말은 봄이라고 했지만 저 어린 개나리꽃에게도 내게도 바람은 아직 차고 매서웠다. 그날 내가 가장 먼저 만난 의사는 재활의학과의 전세일 박사님이었다. 이분의 성함을 지금까지 잊지 못하고 있는 건 차가운 바람에 마음까지 꽁꽁 얼어붙은 채 병원에 들어선 나를 무척이나 따뜻하게 맞아주었기 때문이다. 그러나 박사님이 들려준 이야기가 상황을 역전시키지는 못했다. 이미 전북대 병원에서 할 수 있는 건 나 랬고 그 어느 병원에서도 더 이상 치료를 기대할 수는 없다는 것이었다. 결국 지금으로선 조금이라도 상태가 호전되길 기다리는 수밖에 없다고 했다.

혹시나 하는 마음으로 달려온 나는 희망이 눈앞에서 꺾이자 온몸에 힘이 빠지는 것 같았다. 이야기가 다 끝났는데도 얼굴에 어두운 기색을 감추지 못한 채 일어설 생각조차 못하고 있는 내가 안쓰러웠는지 박사님은 몇 마디를 덧붙였다.

"환자가 조금이라도 호전되면 그때 다시 한 번 와주세요. 그때는 없는 입원실이라도 구해서 치료를 도와드리겠습니다."

그래도 두 곳이 더 남아 있으니까 아직 희망은 있다. 세브란스 병원을 나와 떨리는 마음으로 다음 순서인 아산중앙병원으로 향했다. 그러나 결과는 마찬가지였다. 마지막으로 찾아간 성심한방병원에서도 역시 똑같은 이야기뿐이었다. 세 곳 모두 현대의학으로는 더 이상 어떻게 할 수 없다고 했다. 기다려보라는 것이 그들이 내게 제시해준 유일한 희망이었다.

첫차로 서울에 올라왔던 나는 아무 소득도 없이 다시 막차를 타고 전주로 돌아왔다. 달리는 버스 안에서 맥없이 밖을 내다보니 차창 밖은 그저 암흑뿐이고 불빛에 반사된 내 얼굴만 유리창 위에 유령처럼 어른거렸다. 지난 6개월간 제대로 먹지도 쉬지도 못한 채 간병에 찌들린 중년의 사내가 거기 있었다. 그러나 그동안 겪었던 몸의 고달픔은 지금 겪고 있는 마음의 좌절에 비하면 아무것도 아닌 것 같았다.

기대를 하지 않았다고 한다면 그건 거짓말일 것이다. 그 기대가 무너졌는데 아무렇지도 않다고 한다면 그건 더 거짓말일 것이다. 아내가 사고를 당한 후로 이렇게 기운이 빠져본 것은 처음이었다. 이 버스가 아무 데나 낯선 곳에 나를 내려준다면 거기서 다리를 뻗고 앉아 목 놓아 울고 싶은 심정이었다. 세 시간 동안, 그렇게 어두운 창밖만 멍하게 바라보고 있는 사이 버스는 어느새 아내가 누워 있는 전주에 도착해 있었다.

병실에 들어서니 아내는 곤히 자고 있었다. 세상 모든 일에 아무 관심도, 걱정도 없는 듯한 평온한 얼굴. 잠자는 동안엔 아픈 것도 없을 테고, 괴롭고 힘든 것도 없겠지. 그렇게 잠든 아내를 바라보고 있노라니 좀 전까지 마음속에서 부글거리던 좌절감이 다 부질없이 느껴졌다.

'그래, 당신이 이렇게 살아 있는데 뭐가 걱정이야. 기다려보라고 했으니 기다리면 되지 뭐. 당신이 돌아올 때까지 기다릴게. 다시 시작하자. 반드시 여기서 낫도록 하자. 여기 계신 선생님들을 믿고 의지하자.'

속으로 그렇게 거듭 말하다 보니. 마음이 한결 편안해졌다. 나는 어두운 병실 안에서 잠든 아내의 얼굴을 오래오래 바라보며 그렇게 몇 번이나 약속하고 또 약속했다.

2장

가난하지만 단란했던 시절

지금도 집에는 아내의 나와 작업복이 그대로 걸려 있다.
언제라도 집에 돌아가는 날, 그 작업복을 보고 옛 시절을 되살려주기를 바라기 때문이다.
폭설이 쏟아져도 꿋꿋하게 일하러 나가던 당신,
일 못하는 남편을 씩씩하게 야단치던 여사장 유금옥의 모습을 꼭 다시 보게 되리라는 기대를,
나는 지금도 놓지 않는다.

뭐가 부끄럽대요?

"계십니까?"

"아이고, 일찍들 오셨네요. 얼른 들어오세요."

나지막한 시골집 사립문을 열고 들어서기 무섭게 부엌에서 뛰쳐나온 아주머니 한 분이 우리를 반갑게 맞이했다. 성당 교인들을 대상으로 구역 방문을 하는 날이었다. 이날 방문한 가정은 이 집 어머니가 처음 성당에 다니기 시작하면서 나머지 가족들을 전도하여 온 가족이 가톨릭 신자가 된 집이었다.

집에서 우릴 기다리고 있던 가족들도 하나둘 나와 인사를 했다. 3남 3녀의 자녀들 중에서 딸들만 집에 있었다. 그 중 맏딸은 성당에 나온 지 벌써 한 달이 넘었다는데 한 번도 제대로 인사한 적이 없어 아직 낯선 얼굴이었다. 우리는 마당에 서서 어색하게 인사를 나누었다. 그것이 지금 내 아내가 된 유금옥이라는 여자와의 첫 대면이었다.

나는 초등학교 3학년 때 우연한 기회에 성당에 다니기 시작하면서 계속 가톨릭 신앙 안에서 성장해왔다. 그후 성당은 내 생활의 전부이다시피 했는데 특히 20대엔 직장과 성당 외에는 가는 곳이 없을 정도로 성당 일에만 열심이었다. 여자를 사귄 적도 없고 여자를 사귈 마음조차 없었지만 스물네 살의 청년이 스물세 살의 처녀와 마주쳤는데 아무렇지도 않았다면 그건 이상한 일일 것이다. 첫눈에 반하진 않았지만 은연중에 마음이 쓰여 그 집에 가는 날엔 나도 모르게 옷차림에 신경을 썼던 것 같다.

그 뒤로 구역 방문을 하느라 몇 번 더 그 집에 드나들었을까? 어느 날 나는 한 가지 이상한 점을 발견하게 되었다. 그 집에는 모두 어른들뿐인데 마당에 걸린 빨랫줄에는 항상 베로 만든 기저귀가 한 줄 가득 널려 있었던 것이다. 하루는 구역 모임을 끝내고 그 집을 나오는 길에 궁금증을 참지 못하고 큰 딸 금옥 씨에게 그만 물어보고 말았다.

"이 집에 기저귀 찰 만한 아이는 없는 것 같은데, 저 기저귀는 뭡니까?"

갑작스런 질문에 금옥 씨는 눈을 동그랗게 뜨고 나를 바라보더니 조심스럽게 대답했다.

"외할머니가 중풍에 걸리셔서 거동이 불편하세요. 원래는 서울 외삼촌네에 계셨는데 사정이 어려워져서 우리 집에 내려와 계시거든요."

"아, 그렇군요. 그럼 저 많은 빨래는 누가 다 합니까?"

오지랖도 넓지, 그건 물어서 뭐할까? 하지만 내 입에선 나도 모르게 그런 말이 불쑥 튀어나왔다. 그러자 금옥 씨의 얼굴에 살며시 미소가 감돌았다.

"누가 하긴요. 제가 하죠."

고개를 끄덕이며 새삼스레 금옥 씨를 다시 바라보았다. 사람들에게 듣기로 그 집은 논농사에 과수농사, 거기다 담배농사까지 지을 만큼 농사 규모가 커서 큰 딸이 어머니를 도와 그 많은 농사를 함께 짓고 있다고 했다. 그런 사람이 집안에서는 외할머니의 대소변까지 받아내고 있었다니 내 앞에 선 금옥 씨가 다시 보이지 않을 수 없었다.

다음번에 금옥 씨와 마주친 건 완주군에 있는 '모래내 시장'에서였다.

퇴근길에 시장통을 지나가는데 저만치 아는 사람 얼굴이 보였다. 걸음을 멈추고 자세히 보니 금옥 씨였다. 내가 잘못 봤나 하고 다시 보니 분명 금옥 씨였다. 조금 놀랐다. 그도 그럴 것이 그녀는 장을 보러 나온 사람들 틈이 아니라 노점상들 틈에 끼어 앉아 물건을 팔고 있었기 때문이다.

몇 걸음 더 다가가서 보니 그녀 발치에는 밭에서 따온 호박이며 가지 등이 수북이 쌓여 있었다. 금옥 씨 나이가 스물세 살이라고 들었는데 스물세 살 아가씨가 부끄럼도 없이 시장에서 물건을 팔고 있다니, 당시 내 눈에는 그 모습이 참 대단해 보였다. 집에서 봤을 때는 궂은 농사일에도 불구하고 얼굴이 참 곱고 수줍음도 많은 아가씨라고 생각했는데 시장에서의 모습은 전혀 딴판이었다. 지나가는 사람에게 호박 사가라고 말을 거는 모습에는 조금의 거리낌도 없었다. 금옥 씨가 혹시 부끄러워할까 봐 아는 척을 못하고 그저 먼 발치에서 한참을 바라만 보다가 집으로 돌아오는 날이 몇 번이나 계속되었다.

처음엔 그날만 어머니를 대신해서 채소를 팔러 나왔구나 생각했는데 그게 아니었다. 며칠 뒤에도 금옥 씨는 시장통에서 변함없이 채소를 팔고 있었다. 그렇게 모래내 시장에서 장사하는 그녀를 몇 번 보게 되면서 내 마음에는 차츰차츰 금옥 씨가 새겨지게 되었다. 커다란 함지박을 앞에 두고 쪼그려 앉아 채소를 팔고 있는 모습이 하루에도 몇 번이나 떠올랐다. 처음에는 안쓰러워서 그런가보다 했는데 아니었다. 그것은 어느새 다른 감정으로 변해 있었다.

그러던 어느 날, 나는 금옥 씨가 장사를 끝낼 때까지 기다렸다가 그녀 집으로 가는 버스에 슬쩍 따라 올라탔다. 큰 함지박을 들고도 당당히 버스에 오른 그녀는 나를 보고도 전혀 부끄러워하는 기색이 없었다.

"그 함지박은 뭐래요?"

"시장에 채소 좀 내다파느라고요."

"그걸 직접 팔았대요?"

나는 모른 척 놀라는 시늉까지 했다.

"그럼 직접 팔지 누구 시켜서 판대요?"

금옥 씨 얼굴에 웃음이 서렸다. 웃는 걸 보니 괜히 용기가 생겨 "아가씨가 쑥스러워 하는 기색이 없네요" 하고 농담을 던져보았다.

"밭에서 정성껏 키운 채소를 내다 파는데 쑥스러울 게 뭐가 있대요?"

내 눈을 빤히 보며 그렇게 말하자 할말이 없었다. 아니 오히려 내가 부끄러워졌다. 그리고 속으로 '참 대단한 사람이구나' 감탄했다. 다른 아가씨들과는 달라 보였다. 아마 그때 처음으로, 그녀와의 어떤 인연을 느졌던 것 같다. 아니 인연으로 만들고 싶었다는 게 더 솔직한 심정이었을 것이다. 커다란 함지박을 옆에 낀 시골처녀 옆에 서서 덜컹거리는 시골 길을 달리는 동안, 그렇게 유금옥이란 여자는 내 마음 깊숙이 들어와 자리를 잡았다.

데레사의 까만 두 눈을 뺏고 싶어요

"데레사, 다음주 수요일에 교리공부 있는 거 아시죠?"

"데레사, 금요일에 친교 모임이 있는데 혹시 나오실 수 있어요?"

세례를 받고 금옥 씨는 '데레사'란 세례명을 갖게 되었다. 일요일, 미사가 끝나고 교인들끼리 인사를 나눌 때가 되면 나는 데레사 곁에 다가가 이렇게 자꾸 말을 붙였다.

조금이라도 함께 있는 시간을 만들기 위해 나는 성당 행사나 교리공부에 계속 그녀를 끌어들였는데 그 무렵 한창 가톨릭 신앙에 빠져든 데레사는 내 흑심을 아는지 모르는지 열심히 참석해주었다. 그때까지도 나는 데이트 신청을 할 용기가 생기지 않아 대신 행사가 끝나고 나면 일부러 집까지 데려다주겠다고 나서곤 했다. 행사나 교리공부가 끝나고 나면 슬그머니 데레사를 따라나섰는데 그나마 사람들이 눈치를 챌까 봐

세 번에 한 번 정도밖에 못했다. 그래서인지 데레사 역시 내가 자신을 좋아하는지 전혀 눈치 채지 못하고 있었다.

어느 따뜻한 봄날. 그날따라 교리공부가 끝나갈 무렵부터 갑자기 비가 내리기 시작했다. 성당에 비치되어 있는 우산을 전부 챙겨 사람들이 나눠가졌다. 나도 우산 하나를 받아들고는 슬쩍 데레사에게 다가가 집까지 데려다주겠노라고 말했다. 우산이 넉넉지 않은 것은 오히려 감사해야 할 일이었다. 덕분에 우리는 우산을 같이 쓰고 30분이나 걸을 수 있었다.

촉촉하게 봄비가 내리는 따뜻한 봄날 밤에 데레사와 한 우산 속에서 걷고 있으니 가슴이 벅찰 만큼 행복이 밀려왔다. 그리고 갑자기 오늘이야말로 내 마음을 고백하기에 더 없이 좋은 날이라는 생각이 들었다.

우산을 쓰고 걸으면서 우리는 여느 때처럼 많은 이야기를 나누었다. 그러나 그날은 평소와 달리 내가 무슨 이야기를 하고 있는지 전혀 느끼지 못했다. 내 머릿속에는 어떻게 고백할 것인가 하는 생각만 맴돌고 있었다.

아무리 천천히 걸어도 데레사의 집은 금방이었다. 데레사의 집이 얼마 남지 않았다는 걸 깨달은 순간, 나는 다급한 마음에 일단 걸음부터 멈추고 말았다. 한창 이야기하며 걷고 있던 데레사가 약간 놀란 얼굴로 나를 바라보았다. 고개를 돌리니 그녀의 눈이 바로 내 눈앞에 있었다. 무슨 말을 해야 할지 미처 찾지 못하고 있던 내 입에서 나도 모르게 고백이 불쑥 튀어나와버렸다.

"데레사의 그 까만 두 눈을 뺏고 싶어요."

지금 생각해도 어디서 그런 용기가 나왔는지 모르겠다. 일단 말해버리고 나면 마음이 편해질 줄 알았는데 가슴은 이전보다 더 쿵쾅거리고 얼굴은 후끈 달아올랐다. 데레사는 깜짝 놀라면서 눈을 더 크게 떴다.

"예? 나를요?"

훗날 들어보니 아내 역시 내게 호감을 갖고 있긴 했지만 내가 그렇게 갑자기 고백할 거란 생각은 못했기에 그때 몹시 당황했었다고 한다. 당황한 탓인지 데레사는 내게 아무런 대답도 하지 않았다. 싫다는 말도 좋다는 말도 없었다. 몇 걸음 말없이 걷더니 저만치 집이 보이자 갑자기 고개만 꾸벅 숙이고는 뛰어가버렸다. 나는 침묵은 긍정이라는 말을 떠올리면서 데레사의 침묵을 좋은 쪽으로 해석하기로 했다. 성당에서 데레사를 다시 만나보면 알 수 있겠지 생각하며 발길을 돌렸다.

다음주 교리공부가 끝나고 집으로 돌아갈 때, 그녀는 한 걸음 앞서 나가서 나를 기다리고 있었다. 눈이 마주치자 데레사의 뺨이 살짝 붉어지는 것 같았다. 아마 데레사를 본 내 얼굴도 그렇게 붉어졌을 것이다. 그날부터 우리의 연애는 시작되었다. 데레사를 집까지 데려다주는 일은 온전히 내 차지가 되었고, 성당 사람들도 하나둘 우리 사이를 눈치 채기 시작하는 것 같았다.

두 사람 모두 시간이 넉넉하지 못해 남들처럼 주말마다 데이트를 즐기는 건 힘들었다. 농번기가 되면서 데레사는 성당에 나오는 시간을 제외하곤 농사와 집안일에 매달려야 했고 나 역시 성당에서 맡고 있는 직책들이 너무 많아 시간을 내기 힘들었다. 대신 우리는 시간이 날 때마다 그 시간을 알뜰하게 쓰기로 했다. 미리 계획을 세우고 교외로 나가는 일은 힘들었지만 그래도 "거기 안 가봤지? 우리 거기 가볼까?" 하고 즉석에서 마음이 맞는 날엔 열일 제쳐놓고 버스표부터 끊었다. 데레사 역시 그런 즉흥적인 데이트를 좋아했기 때문에 우리는 바쁜 시간을 지혜롭게 쪼개 데이트를 즐겼다.

그렇게 2년을 사귄 뒤 우리는 1984년에 결혼해 가정을 이루었다. 몇 년이 지나 아들과 딸이 태어났고 세례명을 따라 아들은 요한, 딸은 레지나로 이름을 지었다. 아이들의 웃음 소리와 떠드는 소리가 매일 대문 너머까지 퍼지는 집, 살아가는 것이 너무 재미있고 행복한 집, 그게 바로 우리 집이었다. 너무 행복에 겨운 나머지 나도 아내도 매일 웃을 일만 있을 것 같았다.

어쩜 그렇게 금실이 좋아요?

아버지가 일찍 돌아가신데다 형님과 누나는 일찍 결혼하셨고, 여동생은 멀리 떨어져 살았던 탓에 한동안 나는 어머니와 단 둘이 살았다. 두 식구가 서로 의지한 채 살아오다보니 사이가 각별할 수밖에 없었고, 그래서 결혼 뒤에도 어머니는 내가 모시고 싶었다. 그런데 시부모를 모시는 것보다 홀시어머니 모시기가 더 힘들다는 소릴 누누이 들어왔던 나는 막상 결혼을 앞두게 되자 어머니 모시는 문제가 자꾸 걱정이 됐다.

일찍 혼자 되신 뒤 자식들 키우느라 고생하신 어머니가 내게는 더없이 소중한 분이지만, 아내에게도 나와 똑같은 마음을 가져야 한다고 강요하는 건 어쩌면 이기적인 생각일 수도 있었으니까. 마음에서 우러나오는 효도를 원하지만 그렇다고 아내의 마음을 내 맘대로 할 수는 없는 일이었다. 강요는 못 해도 부탁은 할 수 있겠지 싶어 나는 결혼하기 전에 아내에게 간곡히 부탁했다.

"내가 데레사에게 바라는 건 딱 한 가지뿐이야. 우리 어머니를 나보다 먼저 생각해달라는 것, 그거 한 가지만 부탁할게. 나는 뒷전으로 밀려나도 상관없고 나한텐 잘 못해도 되니까 우리 어머니께는 당신이 딸처럼 잘해줘."

"당연한 얘길 뭘 부탁까지 해요. 당신한테 어머니면 나한테도 친어머니나 마찬가지죠."

아내는 말 그대로 어머니께 참 잘했다. 어머니뿐만 아니라 어머니 친구분들께도 그렇게 극진할 수가 없었다. 동네 친구분들이 오가다 잠깐 우리 집에 들른 날이면 꼭 간식거리를 준비해 방으로 넣어드렸고, 식사 때가 되면 별식이라도 만들어 상에 올리려고 애를 썼다. 아내가 그렇게 잘하니 어머니도 아내를 친딸처럼 예뻐하시고 또 매번 고마워하셨다.

자연스레 나도 장모님께 잘하려고 노력하게 되었다. 결혼한 뒤 내가 아내를 위한답시고 가장 많이 했던 일은 역시 처가에 가는 일이었다. 틈나는 대로 아내와 함께 처가에 들러 장모님과 시간을 보내고 처갓집 일을 내 일처럼 돕는 것이 내가 할 수 있는 가장 큰 일이라고 생각했다.

첫 아이 요한이를 가졌을 때, 아내는 입덧 때문에 고생을 많이 했다. 아무것도 못 먹고 냄새도 맡지 못해 날로 야위어갔다. 나는 그런 몸으로 시어머니 밥상을 차리라고 하기가 미안해 아내를 친정에 잠시 보냈다. 레지나를 가졌을 때도 포도당 주사까지 맞으며 연명해야 했기에 역시 친정에 가 있으라고 했다. 아내는 그 몸을 하고 누워서도 끼니때가 되면 시어머니 걱정뿐이었다. '식사는 제대로 하고 계실까, 찬거리도 마땅

찮을 텐데……' 그런 걱정을 하느라 늘 노심초사인 아내를 보면 안쓰럽
기도 하고 고맙기도 했다.

아내는 착하고 생각이 깊은 사람이긴 했지만 성격이 좀 급했다. 그 급
한 성격 때문에 가끔은 화를 낼 때도 있었는데 그래도 그것이 싸움으로
까지 커지지 않았던 것은 순전히 내 성격 때문이다. 나는 급한 성격도,
좀처럼 화를 내는 성격도 아니어서 아내가 아무리 화를 내도 손뼉이 마
주칠 일이 없었던 것이다.

"그려, 내가 잘못했네. 미안해."

아내가 뭐라고 해도 내 대답이 이렇게 나오니 매번 언쟁은 초반에 끝
나버렸다.

한번은 요한이가 초등학교 다닐 때 책가방을 학교에 놔두고 온 일이
있었다. 그 무렵 요한이는 대단한 말썽쟁이여서 하루에 한 번씩은 꼭 크
고 작은 사고를 저질렀다. 그날은 어째 조용히 지나간다 싶더니 저녁을
먹고 설거지를 하면서 도시락 내놓으라는 말을 듣고서야 "아차" 하면서
책가방 안 들고 온 걸 실토했다. 도시락은 물론이고 숙제할 책과 공책까
지 모두 가방에 넣어놓고는 정신없이 놀다가 빈몸으로 털레털레 집에
온 것이었다.

어머니로서 아내가 화를 내는 건 어쩌면 당연한 일이었다. 그렇게 공
부에는 관심이 없고 노는 데에만 정신이 팔려 있으니 앞으로 뭐가 되려
하냐며 아내는 요한이를 닦달하기 시작했다. 아마 이참에 버릇을 고쳐
야겠다고 단단히 작심한 모양이었다.

처음에는 아내가 야단치는 대로 가만히 보고만 있었지만 시간이 지날

수록 좀 심하다는 생각이 들었다. 꾸중은 짧게 하고 끝내야지 그게 길어지면 잔소리밖에 안 되는데다 화내는 사람 마음만 더 아프다는 걸 알고 있기 때문이다. 할 수 없이 내가 슬그머니 나섰다.

"요한 엄마 그만해. 이미 놔두고 온 걸 이제 와서 어쩌겠어."

"숙제는 어째요? 도시락은 또 어쩌고."

"도시락은 다른 통에 싸주고, 숙제는 벌 한 번 서면 되지 뭐. 저도 벌을 서야 다음부턴 안 그러지."

"당신은 참 속도 좋아."

"지금 학교 가서 가시고 올 수도 없는 걸 어쩌겠어."

"대체 넌 누굴 닮아서 이렇게 말썽을 피우냐, 응?"

"누굴 닮긴, 날 닮아서 그렇지."

이쯤 되면 화를 내던 아내도 '픽' 하고 웃고 만다. 한 번 웃어버리고 나면 더 이상 화를 내기도 멋쩍게 되어 있다.

가끔은 내가 차근차근 이야기해도 아내의 화가 풀리지 않을 때도 있었다. 그럴 때면 나도 더 이상 나서지 않았다. 아내가 화를 낼 때는 가만히 앉아서 들어주는 게 최선이었다. 한바탕 화를 내고 마음이 어느 정도 풀리면 그제야 내 생각을 꺼냈다. 그럼 아내도 화냈던 것을 적잖이 머쓱해 했다. 뭐 그리 대단한 일이라고 우리가 얼굴까지 붉히며 싸워야 하나, 지나고 나면 아무것도 아닌 일로 언성을 높이면 서로 마음에 상처만 줄 뿐이라는 사실을 아내도 깨달은 모양이었다.

그래서 어쩌다 말다툼을 하더라도 오래 가게 한 적은 없었다. 내가 신혼 초에 아내와 한 약속이 있었는데 그건 아무리 심하게 다퉜더라도 꼭 그날 안에 화를 풀고 한 방에서 자야 한다는 것이었다. 아내가 화가 많이 났으면 무조건 잘못했다고 빌어서라도 한 이불을 덮고 잤다. 제일 어리석은 게 다음날까지 냉전을 끌고 가는 일이라고 생각했기 때문이다.

가끔 동네 사람들이나 성당 사람들이 우리 부부에게 묻곤 한다.

"부부가 어쩜 그렇게 금실이 좋아요?"

그때마다 내가 하는 말은 늘 한 가지다.

"서로 믿으니까 그렇죠."

믿음이란 사랑만큼 중요한 것이다. 아내는 내게 어떤 순간에도 믿을 수 있는 사람이었다. 믿을 수 있으니 의지할 수도 있었다. 아무리 화를 내고 다투는 일이 있더라도 서로에 대한 믿음 하나만은 언제나 변함이 없었다. 그 믿음 한 가지만 있으면 된다고 생각했다. 살아보니 정말 그랬다.

언제나 든든한 힘이 되어준 아내

아이들이 별 탈 없이 건강하게 자라니 우리 부부는 세상에 부러울 것이 없었다. 형편이 그리 넉넉하지는 않았지만 그렇다고 어머니를 모시고 두 아이를 키우며 사는 데 크게 부족하지도 않았다. 무엇보다 서로 사랑하며 화목하게 살아간다는 것이 가장 큰 재산이었다. 그런데 이대로만 살면 딱 좋겠다 싶을 때, 바로 그때 생각지도 않은 복병이 우리 가족에게 덤벼들었다.

그저 사람 하나만 믿고 보증을 섰는데 그것이 잘못되어 순식간에 수천만 원의 빚을 떠안게 된 것이다. 생전 누구를 의심해본 적이 없었던 나는 보증을 서면서도 그것이 잘못될 거란 생각은 추호도 하지 않았다. 하지만 법원에서 날아온 편지 한 통은 그런 믿음을 산산히 무너뜨렸다. 보증을 서준 사람을 한탄하거나 원망할 시간도 없었다. 이자는 날이 갈

수록 무섭게 쌓여만 갔고 아이들은 하루가 다르게 자라고 있었다.

그 무렵 나는 엔진오일을 만드는 정유회사에 다니고 있었는데 거기서 받는 월급만으로는 갑자기 떠안은 빚을 해결하기에 턱없이 부족해 추가로 돈을 벌 만한 곳을 물색해야 했다. 그 무렵 우리 동네에는 한지 장판지를 가내수공업으로 만드는 집이 있었다. 거리도 가까운데다 가내수공업이라 원하는 시간에 언제든 일을 할 수 있어서 고민할 것도 없이 우리는 그 집에 일을 다니기로 결정했다.

저녁 7시쯤 회사일을 마치면 부리나케 집으로 달려와 저녁 한 술 뜨고 난 뒤 어머니께 아이들을 맡기고 아내와 일을 하러 갔다. 일단 밤 11시까지 일을 하고 11시부터 새벽 2시까지는 잠시 눈을 붙였다. 세 시간쯤 자고 새벽에 일어나면 다시 아침까지 일을 계속 했다.

처음에는 잠도 자지 않고 일했다. 그렇게 온종일 일하고 돌아오면 피곤이 쌓여서 밤 10시 무렵이 되면 사정없이 눈이 감기기 마련이었다. 일한 만큼 돈을 받게 되는데 졸며 깨며 일하다 보니 능률이 오를 리 없었다. 그래서 나름대로 효율적으로 일하기 위해 생각해낸 것이 졸음이 쏟아지는 11시부터 새벽 2시 사이에는 잠을 청하고 새벽에 다시 일어나 일을 하는 방식이었다. 그 시간에 잠을 자는 게 몸에도 제일 좋다고 들었는데, 그 덕분인지 하루 세 시간의 수면이 대여섯 시간의 수면만큼 효과가 있었다.

낮엔 직장에서 일하고 밤엔 집에서 일하며 하루에 20시간씩 일만 하다 보니 사는 게 정말 사는 게 아니었다. 하루하루가 전쟁이었다. 하지만 이를 악물고 참을 수밖에 없었다. 정부미 쌀을 사먹기도 힘든 형편인데 감히 내 몸이 힘들단 푸념을 할 수는 없었다. 아내도 나처럼 이를 악물었다. 낮엔 아이들을 돌보고 밤엔 함께 나와서 일을 하느라 아내 역시 힘들기는 마찬가지였다. 하는 일에 비해 수입은 변변치 않았지만 그래도 우리는 그저 묵묵히 몸을 움직이면서 조금이나마 빚을 갚아나갔다.

그러는 와중에 어머니가 돌아가셨다. 아들과 며느리 대신 손자, 손녀를 돌보느라 고생을 많이 하신 탓인지 평소에 지병이었던 고혈압이 갑자기 심해져 손써볼 시간도 없이 세상을 떠나셨다. 돌아가시기 직전까지 얼마나 속을 끓이셨을까 생각하니 너무 죄스러워 어머니 영정 앞에서 고개를 들 수조차 없었다.

마음의 준비도 못한 상태에서 거기다 가장 어려운 때에 어머니를 잃고 나니 삶이 온통 무의미하게 느껴지고 일할 기운도 나지 않았다. 이렇게 살아서 뭐하나 싶을 만큼 아무것도 하기 싫어지고 그저 눈물만 났다.

그런 나를 일으켜세운 건 아내였다.

"여보 힘내요. 어머니 생각을 해서라도 여기서 일어서야죠."

그때 아내는 내게 영락없이 엄마였다. 위로는 물론이고 무엇보다 큰 의지가 되었다. 눈앞을 막아서는 절망 속에서 아내가 내 손을 붙잡고 든든히 앞장서 걸어주었다. 그때 내 곁에 아내가 없었더라면 그 시간들을 나 혼자 어떻게 견뎠을까.

어느덧 요한이가 여섯 살이 되고 레지나가 네 살이 되었다. 어느 날 저녁, 밥상 앞에 네 식구가 앉아 막 수저를 들려던 참에 아내가 머뭇거리더니 어렵게 이야기를 꺼냈다.

"월요일부터 요한이와 레지나를 어린이집에 보낼까 해요."

"벌써 어린이집 갈 때가 되었나? 하긴 요한이는 되었네."

"실은 내가 일을 좀 해보려고요."

"일? 당신이 무슨 일을 하려고?"

"저쪽 아랫집 아주머니가 도색 일을 다니잖아요. 그 아주머니 따라다니면서 일을 한번 배워보려고요."

"당신이 도색 일을 한다고? 아서, 그 힘든 일을 당신이 어떻게 한다고 그래."

도색이라면 페인트 칠을 말한다. 건물 벽에 페인트 칠을 하는 일이 얼마나 힘든데 그 일을 하려 하냐고 나는 반대부터 했다.

"힘들긴 뭐가 힘들어요. 붓 가지고 살살 칠하면 되는데……. 힘든 농사일도 지어본 내가 그거 하나 못하겠어요?"

"게다가 페인트 냄새가 얼마나 지독한데 그걸 하루 종일 맡으려고 그래."

"요즘은 옛날처럼 그렇게 냄새나게 안 만들어요. 얼마나 좋아졌는데."

아내는 끊임없이 나를 설득했다. 이미 약속을 해놨기 때문에 월요일엔 무슨 일이 있어도 아이들을 어린이집에 입학시키고 일하러 나서야 한다고 으름장을 놓기까지 했다.

"다른 일도 많은데 왜 하필 도색이야?"

"그게 돈이 되거든요."

그 말을 듣자 말문이 막혔다. 이렇게 벌어서는 도저히 안 되겠다는 생각이 들었던 모양이다. 내 잘못으로 지금까지 고생시킨 것도 모자라 그런 일까지 시켜야 한다는 사실이 말할 수 없이 속상했다.

드러내놓고 불편한 심기를 계속 내비쳤지만 결국 아내의 고집을 꺾을 수는 없었다.

"그럼 한번 해봐. 대신 힘들면 바로 그만둬. 꼭 약속해."

"걱정 말아요. 애 둘 낳고 나니까 몸도 예전같지 않아서, 힘든 일은 하지도 못해요."

아내는 호탕하게 웃었지만 나는 아내의 말을 믿지 않았다. 분명, 힘들어도 아무 내색 않고 일을 할 것이다. 아내는 그런 사람이니까.

일 나간 첫날, 저녁 늦게 돌아온 아내의 옷은 온통 페인트 자국 투성이였다. 나는 아내가 벗어놓은 작업복을 차마 볼 수 없어 애써 눈길을 피했다. 시집 올 때 호강시켜주겠다고 했던 약속도 생각나고 그 약속을 한 번도 지키지 못했다는 사실도 새삼 떠올랐다. 그래도 아직 시간이 많이 남아 있으니까, 이렇게 몇 년만 견디고 나면 다시는 당신 옷에 페인트 묻힐 일이 없을 거라고, 나는 혼자서 그렇게 지키지도 못할 약속을 하고 있었다.

당신은 사장, 나는 머슴

"여보, 나갈 때 문단속 잘하는 거 잊지 마세요. 나 먼저 가요."

"알았어. 얼른 가. 늦겠다."

레지나의 머리를 묶어주고 있던 나는 나가는 아내를 배웅하느라 엉겁결에 무릎을 세우고 일어났다.

"아, 아, 아빠 아파."

레지나의 고함소리에 놀라 아이를 보니 내가 반쯤 일어서는 바람에 아이의 머리가 잔뜩 당겨져 눈까지 치켜올라가 있었다. 나는 다시 주저앉으며 연신 "미안 미안"을 연발했다.

그 사이에 아내는 어느새 나가고 없었다. 다른 사람이 밥을 다 먹을 동안 숟가락만 들고 딴청을 하던 요한이의 밥그릇은 아직도 그대로였다.

"요한아. 너 때문에 아빠 지각하겠다. 얼른 먹고 일어나야지. 아니면

너 혼자 집에 놔두고 갈 거다.”

내 협박이 통했는지 요한이는 밥상에 조금 더 가까이 다가앉더니 숟가락을 들기 시작했다. 레지나의 머리를 묶으면서 요한이에게 밥 먹으라 채근하느라 정작 나는 옷도 못 챙겨 입고 있었다.

아내가 페인트 작업을 시작한 뒤부터 아침 일찍 나가는 아내를 대신해 아이들을 챙기고 아침 먹은 걸 정리하는 건 내 몫이 되었다. 덕분에 레지나 머리를 묶는 기술과 설거지 기술은 나날이 좋아지고 있었다.

“요한이 밥 다 먹었으면 얼른 가방 챙기자. 레지나도 가방 챙기고. 자, 다 같이 출동!”

“출동!”

녀석들이 가방을 챙기는 동안 밥상을 치우고 내친김에 설거지까지 서둘러 마쳤다. 설거지를 끝내고 집을 나서기까지 걸리는 시간은 채 몇 분도 걸리지 않았다. 그런데 대문을 잠그고 돌아서 보니 레지나의 묶은 머리가 옆으로 쏠려 있었다. 1년 넘게 머리를 묶어줬는데도 아직 아내 실력을 따라가려면 멀었구나 싶었다. 그것도 모른 채 레지나는 좋아라 폴짝폴짝 뛰면서 앞서가고 있었다. 우리 집의 아침은 늘 이렇게 시작되었다.

도색 일이란 게 아침 일찍 나가 밤늦게 들어오기 일쑤인데다 밖에서 찬바람 맞아가며 할 때도 많아서, 나는 아내가 그리 오래 버티지 못할 거라고 생각했다. 이만하면 힘들다는 말을 하겠지, 힘들다고 하면 바로 그만두라는 말을 해야지, 하고 기다렸지만 아내는 그런 말을 통 입에 올리지 않았다. 그래서 걱정했던 것과는 달리 그래도 좀 다닐 만한 모양이라고 생각했었다. 그런데 어느 날 아내가 자다가 식은땀을 흘리며 앓는 소리를 냈다. 평소에 얼마나 긴장을 하고 있었으면 저렇게 자다가 앓는 소리까지 낼까 싶어 잠이 오지 않았다.

'내일은 그만두라고 말해야지.' 밤새 그런 다짐을 했지만, 아침이 되자 아내는 언제 그랬냐는 듯 씩씩한 얼굴로 서둘러 집을 나갔다.

그해 겨울 어느 날, 심한 폭설이 내린 날이었다. 초저녁부터 내리기 시작한 눈은 다음날 아침까지 내렸다. 무릎까지 푹푹 빠지는 눈에 길도 꽁꽁 얼어붙었는데 그날 아침에도 아내는 어김없이 일을 한다고 집을 나서는 것이었다. 이런 날씨에 어떻게 일을 하냐고 붙잡는 내게 "안에서 하면 되지" 하고는 결국 집을 나섰다. 아내는 그런 사람이었다.

이틀 정도 크게 몸살이 나서 앓아누운 경우를 제외하고는 그렇게 비가 오나 눈이 오나 아랑곳하지 않고 일을 나갔다. 거기엔 타고난 책임감도 한몫을 했을 것이다. 아내는 무슨 일이든 일단 맡은 일은 말끔하게 끝내야 하는 성격이라 약속한 일을 제때 못 끝내는 건 생각조차 못하는 사람이었다. 거기다 눈속임이나 대충대충 하는 것도 싫어해 남들보다 더 힘들게 일하는 날이 많았다. 그런 덕분에 아내가 맡은 구역은 다른 사람들과 뭐가 달라도 다를 수밖에 없었고 당연히 시간이 지날수록 찾는 사람들이 점점 더 늘어났다.

결국 아내는 3년 만에 독립을 했다. 다른 사람 밑에서 인부로만 일을 하다 자신이 직접 계약을 하고 일을 따올 수 있게 된 것이다. 일을 배운 지 3년 만에 그것도 여자 몸으로 사장이 된 것은 그만큼 아내가 지독하게 일했다는 증거이기도 했다.

평판은 갈수록 좋아졌고 당연히 사업은 더 잘되었다. 대부분의 도색업자들은 계약을 하고 견적을 낼 때 어떻게든 손해를 안 보기 위해 재료비를 아끼는데 아내는 손해를 보더라도 좋은 재료를 쓰려고 했다. 제대로 하면 조금 손해는 볼지언정 다음에 또 일을 할 수 있게 된다고, 남들이 나를 믿고 맡길 수 있어야 그것이 성공하는 길이라고 생각했기 때문이다. 그렇게 일을 하니 사람들이 찾지 않을 수 없었다.

차가 생긴 뒤부터 나는 아침마다 차에 재료들을 싣고 아내를 일터까지 태워다주었다.

"여보, 오늘 저녁 때 인부들 좀 태워다주면 안 될까?"

"몇 시까지 갈까?"

"7시까지만 와요."

"알았어. 근데 당신 나한테 월급 좀 줘야겠는데."

"알았어요. 얼마 줄까? 얼마면 돼?"

아침마다 우리는 이런 농담을 주고받았다. 하지만 재료를 사서 아내에게 들를 때마다 이게 농담으로 끝날 일이 아니구나 싶은 생각이 들었다. 재료는 누군가가 계속 사다 날라야 하고 인부들 역시 공사현장까지 태워주지 않으면 제 시간보다 늦기 일쑤였다. 무엇보다 큰 공사를 따기 위해서는 아내에게 좀더 든든한 손발이 필요할 것 같았다.

"여보, 나 직장 그만두고 당신 도울까?"

어느 날 나는 맘속에 담아두었던 생각을 조심스레 꺼내보았다.

"당신 그럴 수 있겠어요?"

싫어할 줄 알았는데 아내는 오히려 반기는 눈치였다.

"당신이 도와주면 나야 너무 좋지."

"그래, 그럼 우리 둘이 힘 합쳐서, 한번 잘해봅시다."

그렇게 해서 나는 직장을 그만두고 뒤늦게 아내의 직원으로 채용되었다.

"당신은 사장이고 나는 머슴이야."

일을 시작하면서 나는 이렇게 미리 못을 박았다. 머슴이라고 말해둬야 일을 시키는 아내도 맘이 편할 것 같고 나도 일하는 마음가짐이 남다를 거라 생각했기 때문이다. 남편이라고 괜히 나서기보다는 아내가 원하는 대로 도와주며 부지런히 일을 배우고 싶었다. 사장이 둘 생기는 거라 생각했던 인부들도 내가 허드렛일부터 찬찬히 배워나가자 점차 나를 편하게 생각했다. 사람들이 나에게 뭘 물으면 그건 유 사장님한테 가서 물어보라고 했다. 괜히 하는 소리가 아니라 정말 아내를 사장이라 여기고 나는 직원에 불과하다고 생각했다.

페인트 칠은 크게 외벽과 내벽 일로 나누는데 외벽은 주로 남자들이 맡고 내벽은 여자들이 맡았다. 외벽은 밖에서 작업을 해야 하기 때문에 좀 힘들긴 했지만 작업 과정은 단순한 편이었다. 반면 내벽은 페인트 칠 할 곳을 미리 꼼꼼히 청소하는 초벌청소부터 시작해 초벌 물들이기, 래커칠 하고 니스칠 하기, 사포질 하고 다시 니스칠 하기에 이르는 과정이 제법 까다로웠다. 30평 정도 되는 주택은 래커작업을 하고 니스칠을 할 경우엔 5, 6일, 니스칠만 할 경우엔 3, 4일이 걸렸다.

아내도 하는데 내가 못 하겠냐는 생각으로 뛰어들긴 했지만 막상 일을 시작해보니 결코 쉬운 일이 아니었다. 오랜 세월 관리 부서에서만 일하다 육체적인 일을 시작하니 몸도 부대끼고 손발도 척척 따라주지 않았다. 무엇보다 처음 시작하는 일이라 실수가 많았다. 내 딴엔 최선을 다한다고 했지만 경력자들 틈에서 일하다보니 허술한 부분이 곳곳에서 드러났다.

"우리 이야기 좀 해요."

아내는 내가 아무리 서툴고 실수가 많아도 일단 인부들이 있는 자리에선 아무 말 하지 않았다. 대신 집에 와서 쌓였던 말을 풀어놓았다. 그래서 집에서 아내가 이야기 좀 하자는 말을 꺼내면 덜컥 겁부터 났다. 또 무슨 꾸지람을 들을까 싶어서, 엄마가 부르면 움찔 놀라는 요한이 심정이 이해가 갈 정도였다. 하지만 내게는 또 나대로 대처 방안이 있었다.

"당신 머리가 그렇게 안 돌아가?"

이번에는 초반 공격부터 여간 세지 않았다.

"내 머리가 왜?"

나는 느긋하게 대답했다.

"아, 머리가 안 돌아가니까 일을 그렇게 하지. 오늘 내가 얼마나 속이 터졌는지 알아? 사람들 앞에서 말은 못하겠고 일하는 걸 보니 속은 터지고……."

"아, 이 사람아, 앞으로 잘하면 되지. 경험 없는 사람이 그 정도 하면 잘하는 거지 뭘 그래."

"앞으로 언제 잘할 건데?"

"열심히 하면 언젠간 잘하겠지."

"그 사이에 내 속 터지는 건 어쩌고?"

"왜 터져? 겨우 그거 가지고……. 유금옥 사장이 그 정도 일에 속 터지면 안 되지."

웃으면서 느릿느릿한 말투로 이렇게 맞받아치면 아내도 그만 웃어버렸다. 시간이 필요하다는 걸 아내도 알고 있었지만 말 그대로 속이 터지는 건 어쩔 수 없는 모양이었다. 나 또한 그런 아내 마음을 모를 리 없었다. 그렇게 티격태격하면서도 함께 일한다는 것은 말할 수 없이 든든한 일이었다.

같이 일하게 되면서 일은 훨씬 더 안정이 되었다. 일이 잘되니 당연히 돈이 들어오기 시작했다. 1995년부터 함께 시작한 일은 1999년 9월, 아내가 사고나기 직전까지 계속되었다. 그 어떤 장소에서도 우리는 항상 함께 작업을 시작하면서 하루 24시간을 붙어다녔다. 지금도 집에는 아내와 나의 작업복이 그대로 걸려 있다. 언제라도 집에 돌아가는 날, 그 작업복을 보고 옛 시절을 되살려주기를 바라기 때문이다. 폭설이 쏟아져도 꿋꿋하게 일하러 나가던 당신, 일 못하는 남편을 씩씩하게 야단치던 여사장 유금옥의 모습을 꼭 다시 보게 되리라는 기대를, 나는 지금도 놓지 않는다.

3장

기적을 준비한 4년

억장이 무너지고 설움이 복받쳐도 아내 앞에서는 눈물을 참았다.

슬프고 힘든 시간을 견디고 있다는 느낌을 주고 싶지 않았다.

당신이 살아 있어서 행복하고 당신이 숨만 쉬어도 고맙다고, 그렇게 말하고 그렇게 행동했다.

사실 그건 진심이었다.

세상사람 모두가 당신을 포기해도

새벽 6시, 누군가 문을 조용히 닫는 소리에 눈이 떠졌다. 시계를 보지 않아도 6시라는 걸 알 수 있다. 간호사가 주사약을 바꾸고 가는 이 시간이 내게는 기상시간이다. 병원 복도는 아직 조용했다. 7시가 넘어야 그때부터 사람들이 오가는 소리가 본격적으로 들리기 시작한다. 간호사들이 병동을 한 바퀴 돌고나면 아침식사가 시작되고, 그 뒤에는 회진이 기다리고 있다.

아내는 아직 단잠에 빠져 있다. 자면서 몸부림이라도 좀 쳤나 하고 살펴보면 언제나 그대로다. 어젯밤 내가 팔을 얹어둔 대로 잠들어 있다. 하루 24시간, 아내는 내가 만져준 모습 그대로 움직이질 않는다. 잠이 깨지 않도록 천천히 어깨를 잡고 왼쪽으로 살그머니 밀었다. 등을 세우고 그 아래에 베개를 단단히 받쳤다. 밤새 반듯이 누워 잠을 잔 탓에 등

허리에 땀이 축축이 배어 있었다.

이불을 개고 세수를 한 다음 복도에서 간단히 체조를 마치고 들어오니 환자 가족들이 한두 명씩 일어나 있었다.

"새벽에 난방 좀 많이 해달라고 해야겠어요. 자는데 춥더라고요."

맞은편 간이침대에서 깨어난 간병인이 어깨를 움츠리며 말했다. 에어컨을 안 틀면 견딜 수 없던 게 엊그제 같은데 벌써 난방 이야기가 나왔다. 새삼 병실 벽에 걸어놓은 달력으로 눈길이 갔다. 병원에만 있으니 날짜 감각이 자꾸 희미해진다. 오늘이 며칠이지? 달력을 훑어가던 나는 어제가 바로 아내가 사고난 지 1년 되는 날이었다는 사실을 깨달았다.

7개월 전, 션트 수술을 받은 뒤 아내의 상태는 더 나빠졌다. 수술 뒤 수액은 오히려 300CC까지 늘어나고 뇌압까지 높아지면서 뇌막염의 위협을 받기도 했다. 계속해서 검사와 재수술이 이어졌지만 아내는 오히려 점점 더 나빠져갔다. 눈을 뜨고 있어도 사람을 알아보지 못했고, 몸은 누가 만져주는 대로 놓여진 채 꼼짝도 안했다. 밥도 씹어 넘기지 못해 경장 유동식을 콧줄로 연결해 하루하루를 연명해야 했다. 아내는 말로만 듣던 식물인간이 되어버린 것이다. 그날 오후에 담당의사와의 면담이 있었다. 수술 실패 이후 계속 재수술을 거듭했지만 차도가 없자 병원에서는 뚜렷한 이야기를 해주지 않고 있었다.

"벌써 1년 됐죠."

"그러네요."

담당의사는 한참 말이 없더니 담담하게 말했다.

"앞으로 10년이 될지 20년이 될지 모르겠습니다."

내가 올려주지 않으면 온종일 침대 아래로 팔을 늘어뜨린 상태로 10년을 살 거란 말, 처음 듣는 말이 아니라 놀랄 것도 없었다.

"저희로서는 어떻게 확답을 드릴 수가 없는 상태입니다. 기다리는 수밖에는 도리가 없네요."

"할 수 있는 데까지는 해봐야지요. 사람의 힘으로 안 되는 건 하늘에 맡길 수밖에요."

면담을 마치고 나와 병실까지 바로 가지 못하고 복도를 계속 빙빙 돌았다. 희망을 잃어버린 건 병원 측만이 아니었다. 이웃과 친구들, 친척들까지도 1년을 넘도록 상태가 좋아지지 않자 아내의 회복을 포기한 눈치였다.

사람들은 내가 아내에게만 매달려 있는 걸 이해하지 못했다. 차라리 간병인을 쓰고 밖에 나가서 일을 해야지 그렇게 병원에만 붙어 있으면 어떻게 하냐고 입을 모았다. 한창 일할 나이에 병원에만 붙어 있으니 사람 꼴이 말이 아니라고, 그러다 자네도 병들면 그때는 어린 아이들을 어떡할 거냐고, 희망도 없는 사람에게 매달려 있지 말고 자식들 생각도 하라고 했다.

사람들이 걱정하는 건 아내보다 오히려 나머지 가족들이었다. 사람들이 그러면 그럴수록 나는 아내가 얼마나 외로울까 하는 생각부터 들었다. 아내도 엄연히 살아 있는 사람인데 사람들은 아내를 이미 죽은 사람 취급을 했다. 언제 세상을 떠날지 모르는 사람, 가족들에게 짐만 되는 사람……. 아내가 어느새 그런 취급을 당하고 있는 것이 분해서라도 아내는 다시 일어나야 했다. 사람들이 그런 말을 할 때마다 나는 늘 이렇게 반박했다.

"아내가 결혼할 때 누구 보고 했습니까? 나 한 사람 보고 했잖아요. 나 하나 보고 결혼한 사람인데 사고를 당하고 누워 있다고 내가 버리면 됩니까? 사람 구실 못하고 누워 있어도 여전히 내 아내고 애들 엄마예요. 나 말고는 아무도 없어요……."

말하다 보면 나도 모르게 목이 멘다. 내가 아내를 돌보는 건 당연한 일이다. 간병인을 쓰지 않는 건 다른 사람 손에 아내를 맡기고 싶지 않기 때문이다. 아무리 숙련된 간병인이라 해도 나만큼 아내를 알지 못하고 나만큼 성심성의껏 간병할 수 없다. 간병 기술은 나보다 나을지 몰라도 나만큼 사랑의 마음으로 돌볼 수는 없을 것이다. 아내같은 환자는 병과의 싸움만큼 무서운 것이 시간과의 싸움이다. 그 길고 긴 시간을 좌절하지 않고 한결같은 마음으로 돌볼 수 있는 사람은 세상에 오직 나 하나뿐이었다.

환자를 돌보기 위해선 24시간을 쪼개고 쪼개서 써야 한다. 수시로 기저귀를 갈아주고 체위를 변경해주는 사이 돌아서면 약이 나오고 또 돌아서면 식사가 나왔다. 생각할 여유조차 없이 하루 종일 매달려 있는 건 물론이고 밤에도 맘 놓고 잠들기가 힘들었다. 자기 손으로 물 한 모금 마실 수 없고 의사조차 표현할 수 없는 환자인지라 더더욱 말하지 못하는 것까지 살펴야 했다. 이런 일을 다른 사람 손에 맡길 수는 없었다.

사람들이 포기하라고 할 때마다, 나와 아이들을 향해 혀를 차며 걱정을 할 때마다 나는 더욱 아내에게 매달렸다. 세상사람 모두가 아내를 포기해도 나는 그렇게 할 수 없었다. 나는 남편이기 때문이다. 우린 가족이기 때문이다. 내가 유금옥의 남편이라는 이유 하나만으로, 유금옥이 나의 아내라는 이유 하나만으로 다른 어떤 설명도, 이유도 필요 없었다.

'그래, 10년이 될지 20년이 될지 그건 알 수 없다. 하지만 그 말은 달리 생각하면 내일 당장 좋아질지 모른다는 말이나 마찬가지다. 병원에선 포기해도 나는 포기할 수 없다. 분명히 내 손으로 일어서게 할 거다.'

다시 한 번 마음을 다잡고 고개를 드니 어느새 아내가 있는 병실 앞이었다. 나는 힘주어 손잡이를 잡고 안으로 들어섰다.

꿈이 될 수 없는 현실

일주일에 한 번은 집에 들러야 했다. 아내의 상태가 안 좋을 땐 2주에 한 번으로 늦춰지기도 하지만 될 수 있는 한 일주일에 한 번은 들르려고 애를 썼다. 아이들이 어떻게 지내는지 살펴보고 집안일도 손봐야 했다. 그리고 병원에서 일주일 동안 묵혀놓은 빨랫감도 처리해야 했다.

날씨가 쌀쌀해졌으니 이제 가을 옷들을 꺼내야겠다 싶어 옷장을 뒤졌다. 작년 가을에 아내가 사고를 당하면서 입었던 옷들을 세탁도 하지 못하고 그냥 옷장에 처박아둔 채 1년을 보냈다. 옷장엔 묵은 땀 냄새와 좀약 냄새가 섞여 퀴퀴한 냄새가 진동했다. 옷장 문을 활짝 열었다가 이래서는 안 되겠다 싶어 옷가지들을 죄다 꺼내 마당에 널었다.

작년 이맘 때 입고 다니던 점퍼가 눈에 들어왔다. 이건 당장 빨아서 입어야겠다고 생각하고 따로 챙기는데 주머니에 들어 있던 수첩이 손에 잡혔다. 꺼내보니 아내가 갖고 다니던 작업수첩이었다. 이게 왜 내 주머니 안에 들어 있을까 생각해보니 아무래도 사고 당일 아내가 환자복으로 갈아입을 때 나온 것을 내 주머니에 넣어뒀던 모양이다. 마루에 걸터앉아 수첩을 넘겨보았다.

빡빡한 일정들을 보니 한창 일하던 시절이 어제 일인 양 생생했다. 그런데 사고 당일에 적힌 일정이 달랐다. 관촌이 아니라 진안이라고 적혀 있었다. 그제야 나는 일정이 바뀌었던 일이 생각났다. 그리고 뒤따라 그날 밤 잠자리에서 악몽을 꾸었던 사실도 불현듯 떠올랐다.

원래 예정대로였다면 사고 당일 우리는 완수군 관촌년 판촌교회가 아니라 진안군 마령면에 있는 마을회관으로 향했을 것이다.

작업 장소가 갑자기 변경된 건 바로 전날이었다. 그날 성당 모임에 참석하고 늦은 시간 집에 돌아와보니 아내의 표정이 그리 좋지 않았다.

"여보, 내일 작업은 관촌으로 갈 거니까 재료 준비 좀 해줘요."

이미 아침에 차에다 진안으로 가져갈 페인트를 비롯해 작업할 재료들을 전부 실어놓고 성당 모임에 다녀온 나는 갑작스레 장소가 바뀐 사실이 못마땅했다.

"내일은 진안 가기로 했잖아."

"일이 그렇게 됐어요."

"그냥 진안으로 가고 관촌엔 그 다음에 가면 안돼?"

"그쪽에서 급하다는데 어떡해요. 관촌부터 끝내놓고 진안은 모레 가면 되잖아요."

아내도 갑자기 일정이 바뀐 것이 그리 달갑지는 않은 눈치였지만, 이미 그렇게 하기로 약속을 끝낸 모양이었다. 내 생각엔 진안에 갔으면 싶었지만 아내가 그렇게 말하니 할 수 없다 싶었다.

"그래? 그러면 할 수 없이 그렇게 해야지."

그런데 말은 그러자고 해놓고도 내내 마음이 그리 편치 않았던 모양이다. 지금 생각해도 참 이상한 것이 진안이나 관촌이나 어딜 먼저 하든 그게 그리 중요한 문제는 아니었다. 차에 이미 짐을 실어놓긴 했지만 그것을 새로 꾸리는 데 큰 힘이 드는 것도 아니었다. 그럼에도 불구하고 나는 바뀐 일정이 내내 마음에 걸렸고 결국에는 새벽녘에 악몽까지 꾸고 말았다.

아마 새벽 네다섯 시경이었을 것이다. 꿈속에서 관촌교회가 눈앞에 선명하게 나타났다. 아내와 나는 한창 작업중이었는데 날씨가 기가 막히게 좋았다. 페인트 칠을 거의 끝내놓고 허리를 편 나는 맑은 가을 하늘과 깨끗하게 칠해진 종탑을 흐뭇하게 바라보고 있었다. 그런데 갑자기 먹구름이 몰려와 종탑 위에 멈추더니 잠시 뒤 소나기가 퍼붓기 시작했다.

더 이상한 것은 다른 곳은 비 한 방울 내리지 않고 여전히 맑은 가을 날씬데, 우리가 페인트 칠 해놓은 종탑에만 비가 퍼붓는 것이었다. 그 바람에 우리가 칠해놓은 백색 페인트가 줄줄 흘러내리기 시작했다. 꿈속에서도 나는 무척 당황한 나머지 다른 곳은 비가 안 오는데 왜 여기만 오냐고 놀라서 소릴 질렀다. 계속 그렇게 우왕좌왕 하고 있는데 누가 내 몸을 흔들어 깨웠다. 눈을 떠보니 아내가 나를 내려다보고 있었다.

어디 아프냐고 묻는 아내에게 괜한 걱정을 끼치고 싶지 않아서 아무것도 아니라고 둘러댔던 것 같다. 아니 사실 아무 일이 아니라고 생각하고 싶었다. 일정이 갑자기 바뀌었단 이야기를 듣고 잠자리에 들었던 탓에 그런 꿈을 꾼 것이라고 생각했다. 그리고 작업을 하려면 날씨 걱정 하는 건 당연한 것 아닌가. 그것도 다른 데도 아닌 높은 종탑 작업이니 더더욱 그런 거라고 생각하며 꿈 내용을 그냥 묵살해버렸던 것이다.

그러나 불행의 암시는 거기서 끝난 게 아니었다.

그날 아침, 차를 타고 관촌으로 가는 길에 노래를 따라 부르던 아내가 뜬금없이 이런 질문을 했다.

"나 먼저 죽으면 당신 새장가 갈 거야?"

"무슨 뚱딴지 같은 소리야? 그런 소린 하지도 마."

내 입에서는 바로 이런 대답이 튀어나왔다. 생각해본 적도 없고 생각할 가치도 없는 일인데 아침부터 고약하게 그런 소릴 하니 기분이 좋을 리가 없었다. 내가 매몰차게 대답하자 아내도 더는 아무 말 하지 않았다. 그러나 평소에 그런 질문을 한 번도 안했던 아내가 갑자기 그 말을 한 건, 확실히 이상한 일이었다.

그때 내가 좀더 강하게 주장해서 진안으로 갔다면 어땠을까? 그랬다면 아내가 이렇게 누워 있지 않았을지도 모른다. 그런 생각을 하자 마음이 견딜 수 없이 괴로워졌다. 나는 수첩 속에 씌어 있는 진안이란 글자를 한참 들여다봤다.

나는 왜 꿈이 알려준 암시를 무시해버린 걸까? 어쩌면 그건 그때 우리가 너무 잘 살고 있었기 때문인지도 모른다. 페인트가 흘러내리는 장면이나 아내가 갑자기 꺼낸 이야기를 아내가 당할 사고와 우리 가족에게

닥칠 불행이라고 생각하기엔, 그때 우리는 너무 평온하고 행복한 삶을 살고 있었던 것이다.

사고난 날부터 지금까지 내가 가장 많이 했던 생각은 이런 것들이었다.

'내가 대신 올라갔더라면, 내일 인부들에게 시키자고 끝까지 주장했더라면, 사다리차를 부르지 않았더라면……'

아무리 머리가 터지도록 곱씹어봤자 아무 도움이 되지 않는 후회들이지만 자꾸 마음속에서 되새김질되는 건 어쩔 수 없었다. 그러나 결론은 늘 한가지다.

'모든 것은 이미 일어나버린 일이다. 후회하고 한탄하기보다는 앞으로 해야 할 일을 생각하자.'

이 말은 그후에도 내게 큰 도움이 되었다. 흔들림 없이 앞으로 나아가기 위해 필요한 것, 그것은 현실을 인정하고 희망을 키우는 방법뿐이었다.

큰 십자가는 제가 지겠습니다

하루는 임실면 관촌 경찰서에서 전화가 걸려왔다.

"사고 접수만 해놓고 1년 반이 지나도록 자꾸 미루고 계시면 어떡합니까? 합의를 하든지 사고 낸 기사를 구속시키든지 빨리 해결을 하셔야죠."

알았다고 대답만 해놓고 또 한 주를 미루자 다시 독촉전화가 걸려왔다. 사건을 계속 보류해놓을 수 없으니 빨리 해결해달라고 성화였다.

전화를 받고 나서 가장 먼저 든 생각은 '벌써 1년 반이 지났구나' 였다.

아내가 20미터 높이에서 떨어져 중환자실에 누워 있는 동안 사다리차 기사는 하루가 멀다 하고 병원을 찾아왔다. 그를 바라보는 내 마음이 편할 리 없었다. 아내를 떨어뜨린 사다리판에는 원래 높이 30센티미터 정도의 보호대가 달려 있었는데 그날 작업을 시작하기 전에 무게가 많이 나간다는 이유로 기사는 보호대를 떼어내 버렸다. 사다리판이 완전히 뒤집어진 상태에서 떨어졌으니 보호대가 큰 도움은 못 되었을지 모르지만 만의 하나 운이 좋아 아내가 보호대를 손으로 잡는 요행이 벌어졌을지는 알 수 없는 노릇이었다. 그나마 있는 안전장치마저 제거하고 작업을 시작했으면서 어떻게 그렇게 부주의하게 기계를 작동시켰을까? 실수라고 말하기엔 너무 큰 사고였고 그런 잘못을 저지른 당사자를 매일 봐야 한다는 게 여간 불편하지 않았다. 물론 그 사람이 나 몰라라 하고 한 번도 찾아오지 않았더라면 마음은 더 상했을 테지만 말이다.

그러던 어느 날, 기사는 자신의 아내를 데리고 병원을 찾아왔다. 피해자의 상태가 워낙 심각하다 보니 부부가 함께 찾아와 미안한 마음을 전하고 싶었던 모양이다. 그런데 그의 아내는 다리를 심하게 절고 있었다. 자세한 이야길 물어보진 못했지만 내가 보기엔 어려서부터 장애인으로 살아온 것 같았다. 사다리차 한 대로 온 식구가 먹고 산다는 말을 듣고 짐작은 했지만 아내를 보니 역시 형편이 어려운 것이 한눈에 느껴졌다. 하지만 나 역시 그 집 형편을 걱정해줄 처지가 아니었다. 지금 우리 앞에 놓인 현실은 더없이 암담했다.

병원생활은 곧 치료비와의 싸움이라고 해도 과언이 아니다. 한 달 쯤 지났을 때 치료비는 이미 수차례 거듭된 수술과 검사로 눈덩이처럼 불어나 있었다. 그런데 사고를 낸 기사 쪽에서는 치료비에 관해 가타부타 말이 없었다. 차가 보험에 가입돼 있을 텐데 아무리 기다려도 보험회사에서 찾아오는 사람이 없자, 나는 사다리차 기사를 불러 그 문제를 의논하기로 했다.

그런데 그는 보험금 지급사항에 대해 전혀 아는 바가 없었다. 할 수 없이 내가 직접 보험회사로 연락을 했지만 보험회사의 반응은 냉담했다. 자동차 사고란 차가 움직일 때 발생하는 것이라 바퀴가 고정되어 있는 상태에서 난 사고엔 보험금을 지급할 수 없다고 했다. 보험회사가 그렇게 나오니 기가 막혔다.

할 수 없이 기사에게 사다리에 관해 적용되는 보험은 없냐고 물어보니 역시 잘 모르겠다는 대답만 할 뿐이었다. 지푸라기라도 잡는 심정으로 보험 약관을 가져오라고 해 한 줄도 빠뜨리지 않고 꼼꼼히 읽어보았다. 간절한 마음으로 찾아본 덕분인지 도움 받을 가능성이 엿보이는 작은 여지를 발견했다. 애매모호한 구절이긴 했지만 잘하면 적용이 될 것 같았다.

나는 바로 보험회사를 찾아가 분명 이런 조항이 있는데 왜 보상을 안 해주냐고 목소리를 높였다. 예상대로 그 쪽에서도 쉽게 나오지 않아 몇 주를 옥신각신한 끝에 결국 법으로 해결하겠다는 말까지 나오게 됐다.

누구보다 열심히 일해온 아내가 이렇게 아무것도 못하는 환자로 누워 있는데도 불구하고, 그리고 그 사고가 자신의 잘못이 아니라 순전히 타인의 잘못으로 발생했음에도 불구하고 제대로 된 보상을 받는 것이 이렇게 힘든 일이라는 현실이 이해가 안 되었다.

다행히 재판까지는 안 가고 문제가 극적으로 해결되는 행운이 따랐다. 하지만 그 보험으로 해결되는 것은 치료비의 일부에 불과했고 혜택 기간도 2년 정도밖에 되지 않았다. 그래도 당시엔 그렇게나마 보상을 받을 수 있게 된 것이 얼마나 다행이었는지 모른다.

그때만 해도 나는 이 사고가 얼마나 큰 사고인지, 아내가 얼마나 긴 시간을 투병해야 할지 몰랐던 것 같다. 그러나 시간은 모든 것을 점차 분명하게 만들어주었다. 어느새 1년 반이 지났지만 아내는 여전히 병원을 나설 수 없는 몸이었다. 아니 상황은 오히려 더 나빠졌다.

주위에서는 워낙 큰 사고인데다 기사의 명백한 실수로 일어난 사고이니 보험금만으로 처리해서는 안 된다는 의견이 지배적이었다. 사고 초기에는 환자의 상태를 살피는 데 급급해 사고처리를 어떻게 해야 할지 판단이 잘 서지 않았다. 아내를 그렇게 만든 기사가 원망스러운 건 사실이었지만 그렇다고 그 사람을 괴롭힐 마음은 없었다. 그래서 사고 접수만 해놓고 세월을 보냈던 것이다.

한동안 열심히 병원을 드나들던 기사는 보험금 지급이 확정된 뒤에는 발길을 끊어버렸다. 자신이 져야 할 몫을 보험회사가 지게 되었다고 생각한 모양이었다. 그때는 경황이 없어 요구하지 않았지만 이제라도 합의를 해주면서 얼마간의 합의금을 받아야 하는 걸까? 나는 갈등하지 않을 수 없었다.

6개월 만에 날아온 치료비 청구서 액수만 해도 이미 5천만 원을 넘을 만큼 병원비는 생각보다 무시무시했다. 그동안 아내와 내가 열심히 일해 모은 돈은 1년 반 만에 거의 바닥이 난 상태였다. 무엇보다 병원에서 말하는 대로 아내의 상태가 10년을 갈지 20년을 갈지 모르는 상황이었다. 그렇게 막막한 상황에서 합의 시기가 다가온 것이었다.

관촌 경찰서의 독촉전화를 몇 통 더 받고 나서 우선 사다리차 기사가 어떻게 살고 있는지부터 알아보았다. 그는 여전히 사다리차 일을 하고 있었고 전주 외곽의 한 연립주택을 전세로 얻어 살고 있었는데 형편은 예나 지금이나 여전히 좋지 않은 것 같았다. 다리를 심하게 절던 아주머니 모습이 떠올랐다.

그러나 나는 머리를 털고 다시 우리 문제를 생각했다. 병원비를 못 내면 병원에 계속 있을 수 없게 되고 집으로 돌아오면 아내가 더 큰 위험에 처할 수도 있었다. 복막과 뇌에 연결된 관이 감염되면 열이 오르면서 경기를 일으킬지도 모르는데 그때 응급조치를 받지 않으면 목숨이 위험해진다.

그런 가능성을 생각하자 당상이라도 사고 낸 기사에게 보상을 받아야겠다는 마음이 끓어올랐다. 그러나 또 잠시 마음을 가라앉히고 생각하면, 이제 와서 그렇게 하는 게 무슨 의미가 있겠냐는 생각이 들었다. 사다리차 기사가 돈이 많은 사람이라면 이런 걱정을 하지도 않았을 것이다. 하지만 우리보다 더 나을 것도 없는 사람에게 합의금을 요구한다는 것이 못내 마음에 걸렸다. 당장 얼마간의 합의금을 받는다면 물론 우리야 좋겠지만 그 집은 어떻게 될까? 그 집은 또 그만큼 어려워져 고생하게 될 것이다. 또 합의금을 마련하지 못해 감옥이라도 가겠다고 나서면 나이든 양반에게 옥살이를 시키는 꼴이 되는 것이다.

아내라면 어떻게 말할까? 자신을 그렇게 만든 사람이니 당연히 대가를 받아야 한다고 할까, 아니면 그냥 용서해주라고 할까? 용서란 대가를 바라는 게 아니다. 그냥 잊어주는 것이다. 아내가 뭘 선택할지는 불을 보듯 뻔했다.

그런 생각을 하니 더 고민할 것도 없었다.

'그래, 고통은 나 하나로 끝내자. 그 사람들에게 또 다른 고통을 넘겨줄 필요는 없지.'

이렇게 마음을 정리하고 사다리차 기사와 아무런 조건없이 합의하기로 결정했다.

관촌 경찰서에서 1년 만에 만난 그는 죄인처럼 고개를 숙인 채 내내 말이 없다가 내가 그냥 합의를 보자고 하자 그제야 고개를 들고 나를 바라보았다.

"면목이 없습니다."

그렇게 말하는 그의 얼굴에도 지난 1년 반 동안 맘고생 한 흔적이 남아 있었다.

"일부러 그런 것도 아닌데 너무 괴로워하지 마시고요. 차라리 그 마음으로 우리 집사람 쾌유나 좀 빌어주십시오."

내가 할 수 있는 말은 그게 전부였다.

이로써 아내의 사고는 온전히 우리 가족의 문제로 돌아왔다. 우리에게 엄청난 진료비의 부담이 닥쳐올지라도 이제는 어디에 호소할 곳도, 원망할 곳도 없었다. 합의를 하고 돌아온 날 밤, 나는 눈을 감고 조용히 기도를 드렸다.

'큰 십자가는 제가 지겠습니다. 오로지 내 한몸으로 내 아내 유금옥을 감당하겠습니다. 나머지는 천주님이 도와주십시오. 다만, 이 큰 십자가는 아무리 무겁고 힘겨워도 결코 내려놓지 않겠습니다.'

숨만 쉬고 있어도 고마워

전북대학 병원엔 잔디와 나무들로 뒤덮인 넓고 아름다운 뜰이 있다. 그 병원 뜰을 채우고 있는 나무들은 봄이면 다양한 색깔의 꽃을 피우고 여름이면 시원한 그늘을 만들어준다. 가을엔 단풍을 선사하고 겨울엔 겨울대로 따뜻한 양지를 제공해 병원생활에 지친 환자와 가족들의 마음을 위로해준다.

햇살 좋은 오후가 되면 환자복을 입은 사람들로 병원 뜰이 북적댔다. 답답한 병실 안에서 몇 달씩 혹은 몇 년씩 살아온 사람들에겐 병원 마당으로 나가는 것이 유일한 외출이나 다름없다. 나도 하루에 두 번씩, 아침과 오후에 아내를 휠체어에 태우고 밖으로 나가 병원 전체를 한 바퀴씩 돌았다. 부드러운 햇살과 선선한 바람, 나무 위에서 들려오는 새들의 지저귐을 듣고 있노라면 마음이 편안해졌다. 아내는 의식 없이 휠체어에 앉아 있을 뿐이지만 아내에게도 이 햇살과 바람이 느껴질 것이다.

밖으로 나가면 아무래도 병실에서와는 다른 이야기를 하게 된다. 병실에서는 '약 먹자, 밥 먹을 시간이네, 기저귀 갈아야지' 같은 일상적인 이야기가 주가 된다면 밖으로 나오면 '바람이 참 좋네. 저기 단풍 좀 봐' 같은 이야기를 하게 마련이다. 그런 이야기를 혼자서 떠들어대며 걷다 보면 내 마음도 한결 시원해지는 것 같았다. 병원에서 지내면 간병인 역시 세상과 멀어지기 때문에 이렇게 잠깐이라도 마음의 환기를 시키는 시간이 필요하다. 억지로 짬을 내서라도 산책을 하고 바깥공기를 맡지 않으면 극도의 스트레스에 시달리거나 병에 걸리는 일이 많았다.

전북대 병원 신경외과 병동 3층에 머무르는 환자들은 대부분 머리를 다친 환자들이다. 이런 환자를 돌보는 가족들은 다른 환자 가족들보다 훨씬 힘든 병원생활을 견뎌야 한다. 환자와 말이 통하지 않고 생각이 전해지지 않기 때문이다. 가끔 3층에 있는 장기 입원환자의 가족들과 모여앉아 이야길 나눌 때가 있다. 특히 식물인간으로 지내는 환자 가족들은 한 번 이야기를 꺼내기 시작하면 마음속에 맺혀 있던 것들이 봇물 터지듯 쏟아져나오곤 했다.

"차라리 감옥이 낫지. 감옥이라면 언젠가는 나간다는 보장이라도 있잖아요."

"맞아요. 우린 대체 언제 병원을 나갈 수 있을지 그것조차 알 수 없으니 감옥보다 훨씬 지독한지도 모르죠."

환자 가족들은 환자 앞에서는 가능한 한 나쁜 말, 푸념 섞인 말을 하지 않으려고 애쓴다. 자신들의 처지를 비관하는 것은 더더욱 조심할 수밖에 없다. 가슴에 맺힌 어려움을 꾹꾹 눌러 담기만 하다보니 그것이 병이 되는 경우가 있어 가끔씩은 말로나마 풀어주는 것도 필요했다. 잠깐이라도 마음속의 어려움을 나누고 나면 또 제자리로 돌아가서 간병에 열중할 힘이 생겼다.

아내를 휠체어에 태우고 나와 병원 마당을 거닐고 있노라면 역시 환자를 태우고 나온 다른 간병인들과 마주치게 되는데, 그때 사람들의 얼굴에서 내 모습을 발견하곤 한다. '언젠가는 휠체어 없이 손을 잡고 걸으며 이렇게 좋은 햇살과 바람을 함께 느낄 수 있었으면 좋겠다…….' 사람들의 얼굴은 나들 그렇게 말하는 것 같았다.

제 몸조차 가누기 힘들어하는 환자를 억지로 휠체어에 태우고 밖으로 나가는 이유 중에는 환자가 계속 누워서 지내는 것이 좋지 않기 때문이기도 하다. 의식없는 환자에게 가장 무서운 것은 바로 욕창이다. 누워만 지내는 환자의 피부는 매우 약해져 있기 때문에 아무리 조심해도 쉽게 욕창이 생긴다. 아내 역시 병원에 입원한 지 두 달 만에 욕창이 찾아왔다.

처음엔 그저 반듯이 눕혀놓는 것이 최선인 줄만 알았다. 간호사들이 오가며 환자의 체위를 변경해주라고 말했지만 체위 변경이 환자에게 얼마나 중요한 일인지 제대로 알지 못했다. 그러던 어느 날 중요한 볼일이 생겨 친척에게 아내를 맡기고 반나절 동안 외출한 적이 있었다. 그때 나가면서 아내가 소변, 대변을 보고 나면 반드시 잘 닦아주라고 부탁을 했는데, 잘 닦는다는 게 너무 세게 닦은 모양이었다.

외출에서 돌아와 그날 저녁 아내를 씻기다보니 항문 근처의 살갗이 발갛게 부풀어올라 있는 게 보였다. 놀라서 서둘러 약을 발라주었지만 그 다음날이 되자 극도로 예민해진 살갗은 그만 벗겨져버렸다. 가만히 두어도 쉽게 상처가 나는 피부에 아예 상처를 내버렸으니 그 뒤로 상처는 보란 듯이 커져만 같다. 건강한 사람은 상처에 약만 바르면 아무는 속도가 금방이지만 환자는 피부조직의 재생이 늦는데다 누워 있는 시간이 많다보니 한 번 짓무르면 회복하는 데 시간이 많이 걸렸다. 하루에도 몇 번이나 소독하고 약을 발라주었지만 욕창은 몇 달을 갔다.

그때 욕창이 얼마나 무서운가를 톡톡히 실감한 나는 그 이후부터 욕창에 대한 대비를 철저히 하게 되었다. 한 시간 반에서 두 시간 정도가 지나면 체위를 변경해줘야 했는데 몸을 마음대로 가누지 못하는 아내가 편하게 엎드리거나 모로 누워 있도록 하기 위해 일곱 개의 베개를 준비했다. 입원환자들 중에서 아내만큼 베개를 많이 갖고 있는 환자는 아마 없을 것이다. 그렇게 신경쓴 덕분에 그 이후로 아내가 욕창에 시달리는 일은 한 번도 없었다.

하나가 해결되면 또 다른 하나가 문제를 일으키는 것이 사람 사는 일이라지만 병원에 입원해 있는 중환자만큼 여기 막으면 저기 터지는 위험에 자주 처하게 되는 사람도 아마 없을 것이다.

욕창 다음으로 아내를 힘들게 한 것은 소변문제였다. 척추를 다쳐 하반신을 못 쓰는 환자들에겐 대소변 보는 일이 가장 힘든 일 중 하나다. 대변은 관장을 하고 소변은 줄을 요도에 끼워 받아내는데 그렇게 매번 기계의 도움을 받는 것이 구차스러워 먹는 것마저 거부하는 환자도 있었다.

아내 역시 다른 척추마비 환자들처럼 처음에는 요도에 관을 끼워 소변을 받아내야 했다. 그런데 아무리 철저하게 소독을 해도 신우신염에 걸리는 일이 잦았다. 입원 초기에도 신우신염으로 한 달간 치료를 받아야 했는데 병원에선 소변줄을 끼고 있는 한 감염의 위험은 계속될 거라고 경고했다.

나는 고민 끝에 아내에게 방광훈련을 시키기로 결심했다. 소변줄을 연결해놓고 그것을 내내 열어놓으면 무작정 소변이 흘러나오기 때문에 환자는 소변을 본다는 의식 자체를 잊어버리게 된다. 그런데 소변줄을 일시적으로 잠가두면 방광에 소변이 차게 되고 환자가 그것을 느낄 수 있다. 방광에 소변을 모았다가 어느 정도 차면 소변줄을 열고, 또 잠가뒀다가 차면 여는 식의 훈련을 하면 환자는 서서히 방광에 소변을 모으는 힘을 기르게 되는 것이다.

아내는 드디어 소변줄을 제거할 수 있게 되었다. 그렇다고 아내가 환자용 변기를 사용할 수 있게 된 것은 아니다. 방광에 소변을 모을 수는 있지만 소변을 내보내는 시간을 조절하거나 화장실에 가고 싶다는 의사를 표현할 수는 없었기에 아내는 기저귀를 사용해야 했다.

환자들 중에 상반신 신경이 그대로 살아 있어 말도 하고 밥도 잘 먹지만 대소변은 기구의 힘을 빌려야 하는 환자들이 있다. 대신 아내는 말도 못하고 의식도 분명하지 않았지만 대소변은 기구에 의지하지 않아도 되었다. 기저귀 쓰는 것이 뭐가 대단하냐고 할지 모르지만 환자에겐 소변줄을 쓰다 기저귀로 바꾸는 것이 엄청난 발전이었다.

소변줄로 나오는 소변을 모았다가 버리는 것보다 환자의 몸을 들어 일일이 기저귀를 가는 것이 간병인에게는 더 힘든 일이지만 귀찮거나 힘들다는 생각조차 들지 않았다. 첫 아이 요한이를 낳고 밤마다 일어나 기저귀를 갈면서도 그저 기쁘고 고맙기만 했던 마음 그대로였다.

아무리 의식 없이 누워 있는 환자라도 간병하는 사람이 자신의 몸을 기쁜 마음으로 돌보는지 불만에 찬 마음으로 돌보는지는 움직임이나 손의 감촉만으로도 충분히 느낄 수 있다. 지쳐서 짜증이 묻어나는 손으로 만지면 환자의 몸도 그만큼 괴롭고 기쁨과 노력이 묻어나는 손으로 만지면 환자 역시 그 기쁨을 느낄 수 있다.

아무리 화가 나고 맘이 상하는 일이 있어도 아내 앞에 서면 일부러라도 미소를 지으며 명랑하게 말했다. 억장이 무너지고 설움이 복받쳐도 아내 앞에서는 눈물을 참았다. 슬프고 힘든 시간을 건디고 있다는 느낌을 주고 싶지 않았다. 당신이 살아 있어서 행복하고 당신이 숨만 쉬어도 고맙다고, 그렇게 말하고 그렇게 행동했다. 사실 그건 진심이었다.

매일 일어나는 크고 작은 이야기들을 들려주는 것도 내가 해야 할 몫이었다.

오늘은 요한이가 상을 받았다, 집에 갔더니 아이들이 참꽃을 꺾어다 화병에 꽂아놨던데 참 예쁘더라, 레지나가 밥을 했는데 물을 너무 부어서 밥이 질었다, 오늘이 금요일이니까 이제 내일만 되면 아이들이 당신을 보러 올 거다, 하룻밤만 자면 된다…….

내가 옆에서 아무리 이야기를 해도 아내가 반응을 보인 적은 없었다. 눈썹 한 번 깜박이지도 않았다. 그래도 나는 이야기를 멈추지 않았다. 아니 멈출 수 없었다. 아내가 내 이야기를 다 듣고 있다고 생각했기 때문이다. '그려? 어머 그랬어?' 내 귀에 들리진 않아도 속으로 이런 맞장

구까지 치고 있을 것이라고 믿었다.

　아내만 빼놓고 우리끼리 나이 먹고 우리끼리 시간을 흘려보내고 싶지 않았다. 아내가 모든 걸 다 알기를 바랐고 그래서 나는 아내 곁에서 모든 것을 이야기해주고 싶었다.

뇌 복원 수술, 그후의 놀라운 변화

마음은 언제나 긴장과 불안의 연속이지만 그럼에도 불구하고 세월은 잘도 흘러갔다. 돌아서면 오후가 기울어 있고 눈만 감았다 뜬 것 같은데 아침이 와 있었다. 봄꽃이 활짝 피는가 싶었는데 어느새 녹음이 우거지고, 또 어느 틈에 찬바람이 불고 눈발이 휘날렸다. 그렇게 세월이 흘러가는 만큼, 딱 그만큼만 하루하루 좋아지면 더 바랄 것이 없으련만 아내의 상태는 변화가 없었다. 수없이 재수술을 받고 검사를 하고 재활 치료를 받아도 소용이 없었다.

아내는 이 세상 일에는 아무 관심이 없는 듯 보였다. 나도 아이들도 눈에 보이지 않는지 혼자만의 세상에서 헤매고 있었다. 얼마나 외로울까? 얼마나 힘들까? 어서 이쪽 세상으로 불러와 예전처럼 이야기도 나누고 상의할 것도 많은데 아내는 꿈쩍도 하지 않았다. 그래도 희망을 포기할 수는 없었다. 희망이라는 것이 어디서 와서 어디로 가는 것인지는 알 수 없지만 어쨌든 나는 아침에 눈을 뜨면 언제나 '오늘은 더 좋아질 거야' 하고 희망을 불러오는 것으로 하루를 시작했다. 그러는 사이 세월은 끊임없이 흘러 병원에 들어온 지도 어느덧 4년을 넘어서고 있었다.

2003년에 접어들면서 신경외과에서 또 한 번의 수술을 권해왔다.

"뇌 복원 수술을 해봅시다."

뇌라는 말이 나오자 심장이 쿵 하고 내려앉는 것 같았다. 션트 수술이 실패하면서 상태가 급격히 나빠진 것을 경험했고 그 이후 이어진 재수술에서도 아내의 상태가 전혀 좋아지지 않았기 때문에 뇌를 건드린다는 것 자체가 큰 두려움으로 다가왔다.

"복원 수술을 받으면 이미 없어진 부분이 다시 생기는 건가요?"

"함몰된 부분을 다른 걸로 채워넣는 거죠. 복원 수술 받은 뒤에 다시 좋아진 환자들이 많습니다. 유금옥 씨에게도 그런 가능성을 볼 수 있고요."

"하지만 만의 하나 잘못되면 어쩝니까? 지금보다 상황이 더 나빠지면요?"

신경외과 과장은 더 나빠질 리는 없다는 말로 나를 설득했지만 그 설득은 내 가슴에 그다지 와닿지 않았다. 사고 초기 같으면 위험부담을 감수하고서라도 가능성을 생각해 아내의 수술에 동의했을 것이다. 하지만 4년간 병원에 있으면서 사람의 의지만으로 환자가 좋아지는 게 아니라는 사실을 수없이 목격했다.

아내 역시 션트 수술에 대한 희망을 안고 수술실로 향했지만 수술이 끝난 뒤 오히려 더 나빠져서 나왔다. 만의 하나 지금보다 더 나빠지면 희미한 의식마저 잃을 수 있다. 하루에 한두 시간씩 떠 있는 눈도 아예 못 뜨고 감아버릴 수 있었다. 산소 호흡기에 의지해 하루하루를 연명할 수도 있었다. 그런 생각을 하자 도저히 수술에 동의할 자신이 생기지 않았다. 보호자가 반대 의사를 보이자 병원에서도 강요하지는 않았다. 대신 잊을 만하면 다시 복원 수술 얘기를 꺼내 나를 설득했다.

설득이 거듭될수록 '복원 수술 외에는 더 이상 어떻게 해볼 도리가 없는 모양이구나' 하는 생각이 들었다. 그 말은 이것이 아내에게 마지막 기회라는 의미이기도 했다.

병실에는 2003년 5월 달력이 걸려 있었다. 해가 바뀌면 누군가 병실의 달력을 바꿔 걸었다. 퇴원 날짜를 받아둔 사람들은 세월 가는 것이 유일한 낙이겠지만 언제 병원을 나갈지 기약할 수 없는 내게는 언제부턴가 달력 넘어가는 것이 별 의미가 없어졌다.

5월 달력 앞에 한동안 서 있던 나는 아내의 생일이 얼마 남지 않았다는 사실을 깨달았다. 병원에서 맞는 네 번째 생일이었다. 병원에서 첫 생일을 맞고 급격히 나빠진 이후 아내는 제 힘으로 생일 케이크의 촛불을 꺼본 적이 한 번도 없었다. 그 사실을 떠올리자 가슴이 저려왔다. 앞으로도 몇 번의 생일을 병원에서 맞게 될까? 생각하기조차 싫었다.

달력에서 고개를 돌리자 잠들어 있는 아내가 눈에 들어왔다. 고개를 오른쪽으로 돌리고 잠든 바람에 움푹 파인 왼쪽 머리가 허공을 향하고 있었다. 뇌의 상당 부분이 함몰되면서 아내의 얼굴은 반쪽밖에 없었다. 왼쪽 머리는 거의 없다시피 한 모습으로 4년을 살았다.

잠든 아내를 한참 바라보다 나는 사라진 나머지 부분을 찾아줘야겠다는 생각을 했다. 복원 수술의 결과를 장담할 수 없다는 걱정은 접어두자. 설마 더 나빠지기야 할까? 더 나빠진다 하더라도 이것이 아내를 위한 마지막 노력이라면 포기하고 접어둘 수만은 없었다. 더 깊은 바닥으로 내려앉더라도 처음 시작하는 마음으로 바닥을 치고 올라오면 된다. 무엇보다 아내의 얼굴을 다시 찾아줄 수 있다면 그것만으로 복원 수술을 받아야 할 이유는 충분하지 않을까? 그동안 주저하고 걱정했던 마음이 단번에 바뀌었다. 희망이라는 것은 가장 불가능할 때 발휘되는 힘이라는 사실을 나는 마음속에서 한 번 더 되새겼다. 나는 잠든 아내의 귀에다 대고 이렇게 중얼거렸다.

"당신이 깨어났을 때 '요한 아빠, 내 얼굴이 왜 이렇게 흉해요?'라는 말을 안 하도록 복원 수술 받기로 하자. 수술 결과는 하느님께 맡기고 우리는 그저 잘될 거라는 생각만 하자. 걱정하지 말고 기대만 하자……. 물론 당신은 지금도 예뻐. 그럼, 예쁘지."

아내는 듣는지 마는지 새근새근 깊은 잠에 빠져 있었다.

2003년 6월에 아내는 뇌 복원 수술을 받았다. 담당의사는 수술이 성공적으로 잘 끝났으니 경과를 지켜보자고 했다. 모두들 마음을 졸이며 수술이 보여줄 변화를 기다렸다. 한편으론 더 나빠지지만 않는다면 바랄 것이 없다는 생각도 들었다. 아내의 몸에서 최초의 변화가 일어나기까지는 딱 3주가 걸렸다.

"여기 보세요!! 유금옥 씨 팔이 움직여요!"

물리치료사의 다급한 목소리에 나는 화들짝 놀라 손가락이 가리키는 곳으로 눈을 돌렸다. 그런데 내 눈에는 아무런 변화도 보이지 않았다. 물리치료사를 바라보니 그는 아직도 눈을 반짝이며 아내의 팔을 주시하고 있었다. 그의 눈길을 따라 다시 팔을 내려다보는 순간, 아내의 오른쪽 팔이 조금 움직이는 것이 내 눈에도 들어왔다.

"요한 엄마!"

깜짝 놀란 나는 좋아서 나도 모르게 소리를 지르고 말았다. 내 얼굴엔 놀라움과 기쁨이 뒤섞였다. 그동안 아내의 팔은 항상 축 처져만 있었다. 팔이 어깨에서 탈골되면서 연골이 늘어나버려 아무리 팔을 몸 위에 올려놔도 잠시 뒤에는 다시 늘어져버리곤 했다. 매일 물리치료실 침대에 누워 전기 치료와 초음파 치료를 받아도 아내의 신경은 아무런 반응을 하지 않았다. 그랬던 아내가 팔을 움직이기 시작했으니 놀라지 않을 수 없었다. 그런데 더 놀랄 일이 나를 기다리고 있었다.

"이것 보세요. 팔이 들어갔어요."

물리치료사의 말을 듣고 아내의 어깨를 보니 말 그대로 팔이 어깨에 제대로 올라붙어 있었다. 탈골되어 빠져 있던 팔이 감쪽같이 들어갔다니, 나는 흥분한 채 몇 번이나 아내의 팔과 어깨를 만져보았다. 물리치료실에 있던 다른 치료사들까지 달려와 아내가 팔을 움직이는 것을 놀라운 눈으로 지켜보았다. 4년간 물리치료실을 드나든 탓에 아내를 모르는 사람이 없었고 그런 아내가 4년 만에 굳어 있던 몸을 움직이기 시작했으니 그들이 놀라는 것도 당연했다.

그러나 그것은 시작에 불과했다. 그날 이후 일어난 일들은 놀랍다 못해 기괴할 정도였다.

헐크로 변한 아내

그날 이후부터 아내의 움직임은 눈에 띄게 좋아졌다. 의식은 그다지 없었지만 자신도 모르게 팔을 구부리고 펴는 동작까지 서서히 가능해지기 시작했다. 우려했던 부작용은 일어나지 않았고 오히려 온몸의 뼈가 제자리를 찾고 근육엔 힘이 붙기 시작했다. 4년간 그 어떤 노력에도 반응하지 않았던 몸이 드디어 긴 잠을 깨고 기지개를 켜기 시작한 것이다.

그러던 어느 늦은 밤, 오랜만에 단잠에 빠져 있던 나는 갑작스런 괴성에 놀라 눈을 떴다. 병실의 불이 모두 꺼져 캄캄한데 누군가 아내의 침대를 차지하고 앉아 "으악 으악" 하고 소리를 지르고 있었다. 정신없이 불부터 켰다. 다른 환자와 가족들도 다들 일어나 놀란 눈을 하고 있었다. 불을 켜보니 침대에 앉아 있는 사람은 다름 아닌 아내였다. 아내는 눈을 부릅뜨고 앞을 바라보고 있었는데 그 모습이 꼭 화가 많이 난 사람처럼 보였다.

다들 놀라서 보고만 있는 사이 아내는 일어나 앉은 것도 모자라 순식간에 침대에서 내려오더니 그 자리에 우뚝 섰다. 나는 눈앞에서 벌어지고 있는 광경이 꼭 꿈만 같아서 아내를 부를 생각도 못한 채 멍하니 보고만 있었다. 불과 오늘 저녁만 해도 겨우 팔 한쪽 접는 것이 움직임의 전부였던 사람이 아닌가? 아니 지난 4년 동안 제 손으로 침대에서 일어나본 적조차 없던 사람이 아닌가? 그런 사람이 벌떡 일어나 앉은 것도 모자라 침대에서 내려서기까지 했으니, 다들 기적을 본 사람들처럼 놀라지 않을 수 없었다.

아내는 일어선 김에 걸어나갈 기세인 듯 앞으로 발을 내딛었다. 하지만 몸이 맘대로 움직이지 않는지 한 걸음 내딛으려다가 풀썩 주저앉았다. 그제야 나는 얼른 달려가 아내를 붙잡았다. 그런데 내가 몸을 잡자 아내는 다시 괴성을 지르기 시작했다. 아내의 목소리가 그렇게 크다는 사실을 결혼한 지 20년 만에 처음 알았다.

아내를 일으켜 다시 침대에 눕히긴 했지만 아내는 잠시도 그대로 누워 있지 못하고 계속 벌떡벌떡 일어났다. 손으로 가슴을 누르고 있지 않은 한 아내를 제어할 방법이 없을 것 같아 두 손으로 몸을 꼭 눌렀다. 그러자 가슴이 답답한지 이번엔 두 팔을 억세게 흔들어댔다. 며칠 전, 4년 만에 처음으로 팔을 움직인 사람이 맞나 싶을 정도로 두 팔에 힘이 잔뜩 들어가 있어 아내의 팔을 감당하기가 어려울 정도였다.

간호사와 의사가 달려온 뒤에도 한참 실랑이를 벌이다 수면제를 맞고 나서야 아내는 조용해졌다. 나는 방금 일어난 일이 과연 무엇을 의미하는지, 그리고 이런 현상에 대해 기뻐해야 할지 걱정해야 할지 도무지 분간을 할 수가 없었다. 놀란 건 병원에서도 마찬가지였다. 복원수술로 뇌에 어떤 충격이 가해진 것은 분명한데, 과연 이것이 뇌가 좋아지기 전에 일시적으로 보이는 현상인지, 아니면 오히려 갑작스런 정신분열이 일어난 건지 당장은 단정을 내릴 수 없다는 것이었다.

수면제의 약효가 떨어지자 아내는 다시 헐크로 돌아왔다. 벌떡 일어나거나 침대에서 굴러 내려오고, 소리를 지르며 두 팔을 휘둘렀다. 그렇게 움직이다 머릴 다치기라도 하면 큰일나기 때문에 나는 아내가 크게 움직일 때마다 아내를 결박하듯 꼭 끌어안은 채 붙잡고 있어야 했다.

어떤 날은 그나마 움직임이 덜해 그냥 일어났다 앉았다만 반복했고 좀 심한 날은 거기에다 괴성이 더해지거나 침대에서 내려오려고 몸을 비틀어댔다. 문제는 거의 잠도 자지 않고 그런 행동이 계속되었다는 것이다. 잠이 들었다가도 한두 시간을 넘기지 못하고 다시 일어나 앉았다. 처음엔 수면제의 도움을 받았지만 그것 역시 계속 맞을 게 못 되었다. 광기를 부리다가 약이 들어가면 아내의 몸이 부르르 떨리기 시작하고 이내 몸이 축 처져버리는데 그 과정을 지켜본 뒤론 계속 약을 쓰라는 말을 할 수 없었다. 약이 얼마나 독하면 저럴까 싶었기 때문이다. 결국 수면제나 신경안정제는 포기하고 그냥 정신력으로 아내를 지켜보자고 마음을 먹었다.

그런데 같은 병실을 쓰고 있는 환자나 가족들에게까지 피해를 줄 수는 없는 노릇이었다. 특히 밤이 되면 아내의 행동이 더 격렬해졌기 때문에 나는 아내를 다른 곳으로 옮겨야겠다고 결심했다. 일인실로 옮기더라도 옆방에까지 피해가 갈 것 같아 밤이 되면 비는 신경외과 물리치료실을 쓰겠다고 양해를 구했다. 그리고 그날부터 밤이면 텅 빈 물리치료실에 아내의 침대와 내 보조침대만 옮겨놓고 잠을 청했다. 물론 잠 자는 시간은 거의 없고 아내와 실랑이를 벌이느라 밤을 꼬박 새우기 일쑤였지만 덕분에 다른 환자들을 괴롭히는 건 피할 수 있었다.

아내의 이상행동은 두 달여 동안 계속되었다. 잠도 못 자고 끼니도 제대로 해결할 수 없어 아내 못지않게 내 몸도 많이 상했다. 아내의 이런 행동들이 대체 무엇을 의미하는지, 이것이 과연 좋아진 것인지 더 나빠진 것인지 알 수 없어 속만 탔다. 지금 돌아봐도 그때가 병원생활을 하면서 육체적으로는 가장 힘든 시기가 아니었나 싶다.

병원에선 처음에 정신분열증을 의심했지만 검사 결과 정신분열증과는 상관이 없다는 판단을 내리고 정신분열증으로 처방한 약들을 하나씩 빼기로 했다. 이 상황에서 정신분열증까지 온다면 그 감당을 어떻게 해야 하나 걱정이 많았던 나는 그나마 정신분열증이 아니라는 사실에 얼마나 감사했는지 모른다.

더 이상 자극을 주지 않기 위해 원래 복용하던 약만 복용하면서 시간을 두고 지켜보기로 했고, 그날부터 나는 특별 기도를 시작했다. 아내가 소리를 지르고 일어나 앉을 때 내가 할 수 있는 건 아내의 몸을 꼭 붙잡고 기도하는 일뿐이었다. 다치기 전에도 어렵고 힘든 일이 있을 때마다 하느님께 기도했고 다친 이후에도 아내를 휠체어에 태워 병원 성당을 찾곤 했다.

'아내의 몸과 마음이 어떤 상태이고 얼마나 힘든지는 주께서만 아십니다.'

여기까지 말하고 나니 목이 메었다. 어둠 속에서 혼자 괴로워하는 아내의 모습이 그려졌다. 자신에게 어떤 일이 일어났는지 알고나 있을까? 소리를 지르고 벌떡벌떡 일어나 앉으면서 아내가 내게 보내는 신호는 무엇일까? 자신의 아픔을 알아달라는 뜻은 아닐까? 그런 생각들이 두서없이 머릿속에 떠올랐다. 나는 간절한 마음으로 이렇게 기도했다.

'지금 아내를 도울 수 있는 분은 하느님뿐이십니다. 제발 아내에게 안정을 주세요.'

약을 바꾼 지 일주일쯤 지났을 때, 아내의 신들린 듯했던 행동들이 조금씩 수그러들기 시작했다. 먼저 괴성이 사라지더니 벌떡 일어나 앉는 일도 사라졌고, 그렇게 며칠이 지나자 드디어 원래의 온순한 모습으로 돌아갔다. 광기가 사라진 것은 감사한 일이었지만 그렇다고 옛날로 돌아가길 원한 것은 아니었다. 눈도 맞추지 못하고 의식없는 사람처럼 멍하게 있는 모습을 원한 건 아니었기에 나는 또 다른 변화가 아내에게 나타나기를 간절히 기도했다. 그러나 어떤 일이 기다리고 있을지는 도저히 짐작할 수 없었다.

사…랑, 사…랑, 사랑해…

광기가 사라지고 온순해진 아내는 괴성을 지르는 대신 다시 침묵을 선택하긴 했지만 그래도 몸은 조금씩 움직이는 것이 가능했다. 일어나 앉았다고 눕고, 또 일어서고, 불과 몇 달 전만 해도 희망에 불과했던 움직임이 가능해지면서 나는 또 다른 희망을 키우기 시작했다.

물리치료실에서 다시 병실로 내려온 뒤 며칠이 지난 어느 날 저녁이었다.

저녁식사가 끝나고 나면 대부분의 사람들은 텔레비전 드라마를 시청한다. 병원에서만 지내는 사람들에게 텔레비전은 커다란 낙이다. 특히 일일 드라마가 방영되는 시간이면 하던 일손도 모두 놓고 집중했다. 특별히 인기 있는 드라마가 하나 나오면 그걸 보는 낙으로 일주일을 견디는 사람도 있었다. 텔레비전을 보고 있는 동안만큼은 오랜 병원생활도,

아픈 자신도 잠시나마 잊을 수 있었다.

병실 안에서 텔레비전에 관심이 없는 유일한 사람은 아내뿐이었다. 그래도 나는 그 시간이 되면 아내의 몸을 TV 시청하기에 가장 편한 자세로 만들어준다. 그날도 다른 날처럼 아내의 시선이 TV를 향하도록 만들어준 다음 이것저것 정리할 것이 있어 아내 옆에서 영수증 종이를 부스럭거리고 있었다.

한참 그러고 있다가 무심코 고개를 돌려 아내를 봤는데, 그때 아내의 입이 오물오물 움직이는 게 보였다. 그런 모습을 처음 봤기 때문에 깜짝 놀랐다. 그러는 사이 아내의 입에서 아기가 옹알이 하는 듯한 소리가 조그맣게 새어나왔다. 얼른 귀를 가까이 댔다. 그러나 한참 집중해 들어봐도 대체 무슨 말을 하는지 알아들을 수 없다. 얼핏 들으면 옹알이 같기도 했고 교회에서 방언하는 소리 같기도 했다. 아내의 귀에 입을 대고 말했다.

"요한 엄마, 말해도 괜찮으니까 나오면 참지 말고 크게 해. 괜찮아, 괜찮아."

아내에게 용기를 북돋아주기 위해 몇 번이나 반복해서 그렇게 말했다. 다들 텔레비전에 집중해 있느라 우리에게 관심을 두는 사람은 없었다. 나만이 아내의 입을 주시한 채 바라보고 있었다. 또 한참이 지나자 아내의 입이 오물오물 움직였다. 나는 아내의 입에 귀를 바짝 대었다. 웅얼거림이라도 좋으니 한 마디라도 듣고 싶었다. 잠시 후, 아내의 입이 달싹거리더니 한 음절씩 말이 터져나왔다.

나는 내 귀를 의심했다. 그것은 분명 '사……랑' 이었다. 힘이 드는지 아주 작은 목소리로 말했지만 그것은 분명 '사랑'이었다. 아내의 입에서 느리게 터져나오는 '사랑'은 네 번쯤 반복되었다. 4년 만에 처음 들어보는 말, 괴성이나 울음소리 말고 처음으로 들어보는 말이 '사랑'이라니, 코끝이 찡하고 울렸다. 뭐라고 말해야 할지 아무 생각도 나지 않았다. 아내가 드디어 말을 했다는 감격보다 아내의 입에서 나온 '사랑'이란 단어가 더 놀라웠다. 그 말은 내 귀를 타고 온몸으로 흘러들어가 손끝 발끝까지 도달하는 것 같았다. 나는 눈물까지 아껴가면서 아내의 입에서 다음 말이 나오길 기다렸다. 그러나 아내가 할 말은 그것이 전부였는지, 그 말을 끝으로 굳게 다물어진 입은 더 이상 열리지 않았다.

아내가 다시 입을 연 것은 다음날 저녁이었다. 어제와 비슷한 시간에 아내는 또다시 입을 오물거렸다. 기다렸다는 듯 아내의 입에다 귀를 갖다댔다. 오늘은 무슨 말을 할까 하고 기다리는 내 귀에 들려오는 말, 그것은 어제와 마찬가지로 '사랑'이었다. 아내는 어제보다 좀 더 분명한 목소리로 말한 뒤, 잠시 숨을 쌕쌕 쉬고 나서 다시 한 번 더 '사랑'이라고 했다.

"여보, 뭐라고? 한 번만 더 말해봐."

간청하듯 말했지만 이번엔 두 번으로 그쳤다. 사랑 다음에 다른 말이 이어질 것만 같았지만 그것이 전부였다.

그리고 또 며칠은 아무 말이 없었다. 저녁 무렵만 되면 아무것도 못 하고 아내 옆을 지키고 앉아 입이 열리길 기다렸지만 적어도 사흘 동안은 아내의 입이 무겁게 닫혀 있었다.

그런데 나흘째 되던 날, 물리치료를 받던 중에 침대 위에 누워 있던 아내가 다시 입을 열었다. 이번엔 나뿐만 아니라 물리치료사까지 목격자가 되었다.

"방금 '사랑'이라고 말한 거 맞죠?"

물리치료사도 깜짝 놀라 나한테 들었냐고 되물었다. 그것이 시작이었다. 그 뒤로 아내는 일주일 동안 계속해서 '사랑'이라고 말했다. 그리고 그날부터는 하루에 한 번만 하고 끝내는 것이 아니라 깨어 있는 동안 여러 번 반복해 '사랑'이라고 말하기 시작했다.

4년 만에 입을 열면서 '여보'나 '요한 아빠'라고 부른 것도 아니고, '엄마'를 부른 것도 아니고 세상의 그 많고 많은 말 중에 왜 '사랑'을 꺼냈을까? 아내는 평소에 사랑이란 말을 자주 하던 사람도 아니었다. 그런데 왜 '사랑'이라는 말만 찾아냈는지, 아무리 생각해도 모를 일이었다.

사랑이란 말이 터진 지 일주일쯤 지난 어느 날 아침, 아내의 기저귀를 갈아주고 있는데 아내의 입이 다시 달싹거리기 시작했다. 또 '사랑'이라는 말이 나오겠지 하고 기다리고 있는 내게 아내가 눈을 맞추었다. 그리고 분명한 목소리로 말했다.

"사……랑……해……."

눈언저리가 뜨거워지더니 이번엔 기어이 눈물이 한 방울 떨어지고 말았다. 아내는 '해'라는 마지막 한 글자를 어디서 찾아낸 것일까? 그 글자 하나를 찾아내기 위해 일주일 동안 얼마나 노력한 것일까? 마치 처음으로 사랑고백을 들은 사람처럼 가슴마저 뛰었다.

"나도 사랑해."

나도 모르게 그런 말이 튀어나왔다. 아내는 내 말을 들었는지 한 번 더

느리게 말했다.

"사랑해."

그리고 이번엔 한 달 동안 아내에게서 '사랑해'가 끝없이 흘러나왔다. 아니 '사랑해'만 흘러나왔다. 한 번 터진 그 말은 멈추지 않았다. 멈출 수 없었나 보다.

누가 말을 시키든 아내는 무조건 '사랑해'라고 대답했다. 담당의사가 "유금옥 씨, 몸은 좀 어떠세요?" 하고 물어도 '사랑해'라고 답했고, 물리치료사가 "팔 좀 들어올려 보세요. 괜찮죠?" 하고 물어도 '사랑해'라고 말했다. 내가 "밥 먹을래?" 해도 '사랑해' 했고, 아이들이 "엄마 내가 누군지 알아?" 물어도 아내의 대답은 역시나 '사랑해'였다.

아내는 애정표현을 하는 데 쑥스러움이 많은 사람이었다. 다치기 전까지 사랑한다는 말을 들어본 적이 손가락에 꼽을 정도였으니까. 어쩌면 아내는 그동안 사랑한다고 말하지 못한 것이 마음에 걸렸는지도 모른다. 그래서 봇물 터지듯 그렇게 터져나왔던 건 아닐까?

아내의 '사랑해'는 병원 내에서 금세 유명해졌다. 의사, 간호사, 물리치료사, 청소하는 아주머니들까지 어느새 아내의 고백을 한 번씩 듣게 되었다. 사랑한다는 말을 처음 들은 사람들은 조금 당황하기도 했지만 그래도 싫지는 않은지 미소를 지어 보였다. 그리고 다음에 만났을 때는 "나도 사랑해"라고 화답을 해주었다. 사람들은 아내 덕분에 오랫동안 잊고 있었던 사랑의 고백들을 나누게 되었다. 4년간의 긴 잠에서 깨어난 아내는 어느새 사랑의 전도사가 되어 있었다.

4장

내 아내는 다섯 살

아내가 유일하게 의문을 품지 않고 대하는 사람은 나뿐이었다.
내가 남편이라는 사실 하나만 알고 깨어났다는 말이 더 맞을 것이다.
의식이 거의 없던 동안에도 내가 곁에 있었다는 사실만을 알고 있었던 모양이다.
모든 것을 다 잊어도 그것만은 잊을 수 없었던 모양이다.

재활치료, 끝없는 싸움의 시작

　　4년 동안 아내에게 시행할 수 있었던 재활치료들은 아내의 자극을 깨우는 종류뿐이었다. 물리치료실에서는 전기자극을 주었고 작업치료실에서는 소리 자극이나 촉감 자극을 주로 시도해 아내의 잠든 의식을 깨워보려고 했다. 그러나 그것들이 별다른 효과를 거두진 못했다. 그렇게 어떠한 자극에도 동요를 보이지 않았던 아내가 이제는 자기 의지대로 말도 하고 움직일 수도 있게 되었으니 이제야말로 본격적인 재활치료에 승부를 걸 때가 온 것이다.

　　아내가 '사랑해' 라는 고백 다음으로 꺼낸 단어는 가족들의 이름이었다. 요한, 레지나, 남편……. 아내는 띄엄띄엄 그런 이름들을 말하기 시작했다. 귀를 기울인 채 집중해야 들을 수 있을 만큼 그 목소리는 희미하고 말하는 속도도 느렸지만 중요한 건 아내가 말할 수 있는 단어 수가 조금씩 늘어나고 있다는 사실이었다.

일반 환자들이 재활치료를 하는 데에는 자기 자신과의 싸움이 가장 중요하다. 물리치료사의 도움은 결국 도움에 불과할 뿐 할 수 있느냐 없느냐의 차이는 자기 내부에서 결정되었다. 의지가 없으면 옆에서 아무리 열심히 하라고 윽박질러도 시늉만 하다 끝날 수 있고 의지가 넘치면 옆에서 팔짱 끼고 보고만 있어도 자기 힘으로 어려운 훈련을 견뎌내었다. 그러나 아내처럼 뇌를 다쳐 자기 통제가 불가능한 사람에게는 물리치료사의 도움이 절대적이었다. 아내는 가만 두면 아무것도 하지 않았다. 그래서 얼마나 잘 설득해서 1분이라도 더 글자판을 잡을 수 있게 하느냐가 치료에 크나큰 기여를 했다. 환자의 상태를 잘 파악해 심리적으로 이기는 것도 중요한 문제였다. 작업치료실에서는 어떻게든 아내의 환심을 사서 조금이라도 더 치료를 받게 하기 위해 일단 가족들의 이름을 이용하기로 했다.

"남편 이름이 어떻게 되세요?"

"이길수."

"남편 이름 글자로 쓸 수 있어요?"

작업치료 선생이 그렇게 물으면 아내는 멀뚱히 쳐다보기만 했다.

"아들 이름은요?"

"이요한."

"딸은요?"

"이레지나."

"아들 이름하고 딸 이름 쓸 수 있어요?"

역시 아내는 쳐다보기만 할 뿐이다.

"제일 사랑하는 가족들 이름을 쓰기 위해서라도 글자를 배워야 해요. 그렇죠? 오늘부터 한 글자 한 글자씩 배워봐요. 기억 니은부터 시작할 게요."

아내는 마흔을 훌쩍 넘긴 나이에 다시 글자를 처음 배우는 어린 아이로 돌아갔다. 기억 니은은 물론이고 숫자도 1, 2, 3, 4부터 시작해야 했다. 4년 만에 깨어나긴 했지만 그래도 금방 회복될 거라는 내 예상과는 달리 아내의 공부 속도는 더디기만 했다. 기억 니은을 몇 달씩 가르치고 난 뒤 이름을 따라 쓰게 했다. 작업치료 선생이 먼저 유금옥이라고 써놓고 그것을 수십 번 따라 쓰게 한 뒤, 선생이 쓴 걸 가리고 다시 써보라고 했다. 아내의 얼굴이 난감해지더니 '유' 자 하나 쓰는 데도 꽤 시간이 걸렸다. '금' 자는 더 어려운지 '그' 까지만 쓰고는 그만둬버렸다. '옥' 자는 기대할 수조차 없었다. 다시 작업치료 선생이 유금옥이라고 쓴 뒤에 따라 쓰게 했다. 그러자 아내는 그건 자신 있다는 듯 이름을 따라서 완성했다.

지금도 아내는 '이레지나' 를 '이네지나' 로, '요한' 을 '요하' 로, 내 이름 이길수는 '이기수' 라고 쓴다. 그렇게 틀리게 써놓고도 아내는 가족들의 이름을 썼다고 좋아한다.

아내가 20미터 높이에서 떨어지면서 땅에 가장 먼저 닿은 것은 몸의 왼쪽 부분이었다. 그때 아내는 왼쪽 뇌와 함께 왼쪽 다리를 심하게 다쳤다. 4년 만에 깨어난 뒤에도 역시 왼쪽 뇌와 왼쪽 다리는 사고의 후유증에 가장 가까이 있었다.

다친 왼쪽 뇌는 아내의 왼쪽 눈의 시신경까지도 마비시켰다. 그런 탓에 아내는 왼쪽 눈이 거의 안 보인다. 왼쪽 눈이 안 보이면 오른쪽 눈으로 전부를 보면 될 텐데 아내는 글자를 딱 반으로 나눠 왼쪽에 있는 반은 안 읽고 오른쪽에 있는 나머지 반만 읽으려 했다. ‘사용방법’이라는 글자가 있으면 ‘사용’은 안 읽고 ‘방법’만 읽었다. 그런 아내를 지켜보면서 나는 길고 긴 싸움이 되리라 예상했다. 물론 그 싸움은 무의식 상태에서 깨어난 지 2년이 지난 지금까지도 계속되고 있다.

지능이 좋아지는 속도에 비하면 몸은 그보다 훨씬 빠르게 회복되는 것 같았다. 이름 하나를 익히는 데 몇 달이 걸렸다면, 걸음을 옮기고 휠체어 바퀴를 미는 힘이 붙는 데는 그보다 훨씬 짧은 시간이 걸린 것 같았다. 물론 그것은 혹독한 재활치료 덕분이었다.

우리는 아침 6시면 일어나 세수를 하고, 옷을 갈아입고 아침운동에 나선다. 아침운동은 간단한 산책 겸 운동이다. 신경외과 병동을 나와 본관을 가로질러 잔디밭까지 연결되는 꽤 긴 코스를 휠체어를 탄 채 천천히 돌면서 아내에게 팔 운동을 시킨다. 그렇게 한 바퀴 돌고 오면 아침식사를 맛있게 먹는 데도 큰 도움이 되었다. 아침을 먹은 뒤 회진이 끝나고 나면 바로 물리치료가 시작되었다. 우선 몸의 신경과 근육을 자극하는 ‘스탠딩 전기치료’를 받은 뒤 왼쪽 발과 다리에 초음파 치료를 받았다. 그 다음 물리치료사를 붙잡고 ‘걷기’ 등의 운동치료를 받고 나면 어느새 점심때다.

점심을 먹고 잠시 쉰 뒤에는 작업치료가 이어졌다. 둥근 고리를 줄에 연결하면서 손가락의 힘을 기르는 동작이나 말과 글자를 배우는 언어치료 등을 받았다. 병원에서 받을 수 있는 재활치료가 모두 끝나고 나면 내가 개인적으로 실시하는 치료가 시작된다.

나는 아내를 휠체어에 태우고 복도로 데리고 나갔다. 병원 본관과 신경외과 병동을 연결하는 복도는 전면이 유리로 된 구름다리로 만들어져 있다. 그래서 사시사철 바뀌는 계절의 변화를 한눈에 감상할 수 있는데다 환자들이 잡고 걸을 수 있는 손잡이가 복도 이쪽 끝에서 저쪽 끝까지 연결되어 있기 때문에 걷기 운동을 하는 데도 더 없이 좋은 장소였다. 나는 아내를 이 복도 한쪽 끝에 세우고 천천히 걸음 연습을 시키기 시작한다.

아내에겐 왼쪽 발가락이 가장 큰 문제였다. 아내의 왼쪽 발가락은 잔뜩 구부러져 있었는데 몸을 움직일 때마다 왼쪽 발가락에 힘이 들어가면서 그 여파로 왼쪽 다리 전체의 근육이 경직되었다. 왼쪽 다리가 제대로 펴지지 않으니 제대로 걸을 수 없는 건 당연했다. 희한한 건 잠이 들면 자신도 모르게 왼쪽 발가락을 폈다가도 아침에 눈만 뜨면 바로 왼발에 힘을 주기 시작한다는 사실이었다. 아내의 무의식이 스스로 움츠리게 만든다는 증거였다.

내가 싸워야 할 대상은 바로 아내의 왼쪽 발가락이었다. 왼쪽 발가락을 건드리면 아프다고 난리였다. 아내는 정상인에 비해 아픔을 참는 능력이 월등히 떨어지기 때문에 아프면 팔다리를 마구 휘둘러댔다. 그때마다 맞아 깨진 안경만도 세 개나 될 정도다. 식성이 놀랄 만큼 좋아져 다른 사람 두 배는 먹는데다 주사약의 영향인지 붓기도 잘 빠지지 않아 그 무렵 아내는 살이 많이 쪄 있었다. 그런 아내가 마구 휘두르는 주먹에 맞고 나면 맞은 자리가 꽤 오랫동안 욱신거렸다.

그러나 내가 아픈 건 아무것도 아니었다. 아내 역시 통증을 참지 못하고 울음을 터트릴 때가 많았다. 재활기구에 누운 채, 혹은 복도 창문에 몸을 붙인 채 아프다고 눈물을 줄줄 흘리는 아내를 보고 있노라면 내 마음도 똑같이 아팠다. 표현 능력이 약한 아내였기에 다른 사람에 비해 자신의 고통을 제대로 표현할 수도 없어 그냥 '아파, 아파' 하는 게 전부였다.

정말 견딜 수 없는 고통인데 내가 막무가내로 밀어붙이고 있는 건 아닐까? 처음엔 겁이 나기도 했다. 하지만 그렇다고 치료를 중단할 수는 없었다. 아내가 좋아하는 대로 휠체어에 태운 채 구경만 다닐 수는 없었다. 잃어버린 4년의 시간, 아니 잃어버린 40년의 시간을 회복하기 위해서는 하루가 아까웠다.

사람들은 4년간 식물인간으로 지냈던 아내가 의식을 되찾고 말을 하고, 게다가 조금씩 움직이기 시작했다는 것만으로도 큰 기적이라고 했다. 뇌의 70퍼센트 가량을 잃어버린 사람이 비록 철자가 하나씩 틀리긴 해도 자기 이름을 쓰고 남편과 아이들 이름을 떠올리는 것만으로도 이미 큰일을 하고 있는 거라고 했다.

하지만 나는 여기서 만족할 수 없었다. 지금도 이 세상 곳곳에는 식물인간으로 누워 있는 환자들이 수없이 많을 것이다. 그들의 가족 역시 지금은 그저 눈이라도 뜨고, 말이라도 할 수 있었으면, 손가락 하나라도 움직일 수 있었으면 하는 실낱같은 희망을 가지고 있을 것이다. 그러나 그것이 막상 실현되고 나면 누구나 또 다른 기대를 품기 시작한다. 일어나 앉으면 설 수 있기를 바라고, 서게 되면 걷게 되기를 바라게 된다. 나 역시 마찬가지였다. 사고난 지 서너 달이 지났을 때, 혼자 걷고 말도 곧잘 했던 모습을 내 눈으로 직접 봤기 때문에 더더욱 아내가 그때로 돌아갈 수 있을 거라는 사실을 한결같이 믿어왔다. 비록 지금 당장은 어렵더라도 언젠가는 훨씬 좋아진 아내의 모습을 만날 수 있을 거라는 기대감이 내 안에서 매일 자라났다. 그런 까닭에 나는 아내의 재활치료에 더더욱 노력을 기울일 수밖에 없었다.

한바탕 전쟁을 치르고 병실로 돌아오면 아내도 나도 온몸의 기운이 빠져 한동안은 아무것도 할 수가 없다. 밉다고 때리며 울어대던 아내는 또 언제 그랬냐는 듯 기분이 좋아져 있다. 어제 재활치료를 받으며 그렇게 울었는데도 불구하고 다음날 오전이 되면 아내는 다시 들뜬 얼굴을 하고 물리치료실로 향했다. 그것은 그렇게 좋아할 일만은 분명 아니었다. 아내는 하룻밤 사이에 어제의 모든 기억들을 잊어버리고 있었던 것이다.

아내 머릿속의 지우개

병원에서는 아내의 건망증에 대해 '노인성 치매로 인한 건망증'이라는 진단을 내놓았다. 이제 40대 후반인 아내가 노인성 치매라니, 직접 듣고도 그 사실을 인정하기가 어려웠다. 지금은 2000년 2월에 선트 수술을 받기 직전, 아내가 등에 업은 레지나를 내려달라고 할 때와는 또 다른 증상이었다. 그때는 순간 순간 이상한 발언을 하는 게 문제였다면 이제는 돌아서기 무섭게 그 전의 상황을 모두 잊어버리는 게 문제였다.

밥을 다 먹고 밥그릇을 치우고 돌아서면 아내는 곧바로 말했다.

"배고파. 밥 언제 와?"

"방금 밥 먹었잖아."

"진짜? 벌써 먹었어?"

"그럼. 방금 먹고 그릇 치우고 왔잖아. 배 만져봐. 배 부르지?"

"맞네. 그렇네."

이렇게 말해놓고는 또 조금 시간이 지나면 그렇게 말했다는 사실 자체를 잊어버리고는 "근데 밥은 언제 와?" 하고 물었다.

아내가 쓴 기저귀를 버리고 온 짧은 순간에도 아내는 마치 오늘 나를 처음 본 것처럼 반가워했다.

"어라, 우리 남편 왔네. 어디 갔다 왔어?"

가끔은 1분 만에 와도 이런 반응을 보였다.

"당신 기저귀 버리고 왔잖아."

"아, 그랬어?"

그러고는 끝이었다. 자신이 그 모든 걸 잊어버리고 있다는 사실도 아내에게는 별다른 일이 아니었다. 그건 아이들 이야기가 나와도 마찬가지였다.

"요한이는 어디 갔어?"

"요한이 군대 갔잖아."

"그래? 군대를 갔어? 그럼 레지나는?"

"레지나는 학교 갔지."

"어머, 몰랐네."

그렇게 물어놓고 또 몇 시간이 지나면 "요한이는?" 하고 물었다.

아내가 유일하게 아무런 의문을 품지 않고 대하는 사람은 오로지 나뿐이었다. 처음 깨어났을 때부터 아내는 내가 자신의 남편이란 사실 하나만은 꿋꿋하게 믿고 있었다. 아니 내가 남편이란 사실 하나만 알고 깨어났다는 말이 더 맞을 것이다. 의식이 거의 없었던 동안에도 내가 곁에

있었다는 사실만은 알고 있었던 모양이다. 모든 것을 다 잊어도 그것만
은 잊을 수 없었던 모양이다.

깨어난 직후, 아내는 요한이와 레지나도 알아보지 못했다. 요한이를
보고는 "석만아, 석만아" 하고 막내 처남 이름을 불렀고 레지나를 바로
앞에 두고도 레지나는 왜 안 왔냐고 물어볼 정도였다.

"레지나 당신 앞에 있잖아."

"엄마, 내가 레지나야. 나 모르겠어?"

그제야 아내가 놀랐는지 눈을 휘둥그레 뜨고는 신기하다는 듯 레지나
를 쳐다보면서 "그래?" 한마디 했다.

"당신 레지나가 몇 살인지 알아?"

"음…… 열한 살?"

"스무 살이야. 스무 살."

아내의 기억 속에 있는 아이들은 아직 어리기만 한데 막상 눈앞에 보
이는 아이들은 제 아버지보다 키가 더 클 만큼 훌쩍 자라 있었다. 특히
아가씨가 다 된 레지나는 아내에게 더욱 낯설게 느껴지는 모양이었다.
일주일에 한두 번은 들러서 머리도 감겨주고 목욕도 시켜줬지만 그래도
몇 달간 아내는 레지나를 만날 때마다 매번 놀랐다.

요한인 그래도 어릴 적 얼굴이 많이 남아 있어 몇 번 보더니 다음부터
는 바로 알아봤다. 제일 좋아하는 사과를 먹다가도 요한이만 오면 바로
포크로 집어줄 정도로 아들을 챙겼다. 그래도 요한이가 다 자란 청년이
라는 사실만은 아내에게 여전히 어려운 숙제였다.

얼마 전, 광주에서 군 복무를 하고 있던 요한이가 휴가를 나왔을 때

였다.

"너 지금 어디서 오냐?"

"광주요."

"광주에는 왜 갔어?"

"부대가 거기 있잖아요."

"부대? 뭔 부대?"

"엄마, 나 군인이잖아요."

"네가 군인이야? 언제 군대 갔어? 나는 몰랐어."

아내는 처음 듣는다는 표정을 지으며 깜짝 놀랐나.

다치기 전만 해도 아내의 기억력은 누구보다 좋았다. 일감이 끝나 돈을 받으면 페인트 값과 인부들 일당 등을 계산하는 일도 아내가 도맡아 했는데, 계산이 틀린 적이 한 번도 없었거니와 워낙 철두철미한 성격이라 일할 때 실수한 적도 없었다. 그런 아내가 당장 눈앞에 보이는 자식도 알아보지 못하고 돌아서기 무섭게 지나간 일을 잊어버리다니, 처음엔 뻔히 보고도 그 사실을 인정하기가 힘들었던 게 사실이다. 하지만 우리는 아내의 건망증을 인정하고 받아들이기로 했다. 인정하고 나니 내가 해야 할 일이 뚜렷이 보였다. 백 번을 물어도 귀찮아 하지 않고 백 번 모두 성의 있게 대답해주는 것, 그것이 바로 내 역할이었다. 하다보니 그것은 그리 어려운 일도 아니었다. 아내의 머릿속에 들어가 있다고 생각하면 그건 당연한 반응이었기 때문이다.

깨어난 이후부터 지금까지 아내가 제일 많이 한 말은 "화심에 가자"는 말이다. 화심은 아내의 고향이자 친정집이 있는 동네 이름이다. 처음 아내의 입에서 '화심'이란 단어가 나왔을 때, 나는 깜짝 놀랐다. 어느 날 아침, 잠에서 깨어난 아내는 마치 어제도 그랬던 것처럼 무심하게 "화심에 안 가?" 하고 물어왔다.

"당신 화심 알아? 기억 나?"

"그럼 알지."

처음엔 거기까지만 말하고 더 이상 말하지 않았다. 하지만 하루에 한 번씩 무심히 화심에 가자는 말을 입에 올리기 시작하더니 그것은 곧 하루에 두 번이 되고 세 번이 되었다. 그리고 횟수가 더해질수록 화심에 대한 아내의 기억 역시 좀더 늘어났다.

"화심이 어딘데?"

"어디긴 어디야, 우리 집이지."

"당신 집은 다리목이잖아."

"아냐, 화심이야."

"화심에 왜 가?"

"안 가면 엄마한테 혼나잖아. 얼른 가야 돼."

"엄마 돌아가셨잖아. 기억 안 나?"

"언제?"

"아버지는 벌써 오래 전에, 당신 결혼도 하기 전에 돌아가셨고, 어머닌 당신이 병원에 있을 때 돌아가셨잖아."

"그럼 큰 오빠는?"

"큰 오빠는 살아계시지."

부모님이 돌아가셨다고 해도 그것이 그다지 슬프지도 않은지, 아니

슬픈 감정 자체를 잊어버렸는지 아내는 별 다른 반응이 없었다. 화심을 통해 아내의 기억들을 좀더 찾아내려고 했던 나는 아내가 화심이라는 지명 외에는 아무것도 기억하지 못하고 있는 걸 알고 조금은 실망했다.

그래도 이 지독한 건망증 덕분에 물리치료는 순조롭게 진행되었다. 의지가 약한 환자들의 경우, 물리치료를 받으려면 간병인이 진땀을 흘려야 하는데 그런 점에서 아내는 참 편한 환자였다. 물론 막상 물리치료실에서 치료가 시작된 뒤에는 까닥 잘못하면 발길질에 차일 수도 있는 위험 환자였지만 적어도 거기까지 데려가는 것만은 어려움이 없었다.

물리치료를 받고 병실로 돌아와 지쳐서 잠든 아내를 바라볼 때면 미안한 마음이 들기도 했다. 그래도 덕분에 몸은 조금씩 좋아지고 있었기에, 당분간은 아내의 머릿속에 든 지우개를 좋은 쪽으로 생각하자고 마음을 다잡았다.

병원 최고의 닭살 커플

예전엔 쑥스러워서 입에 올리지도 못하던 '사랑해'란 말을, 아무 거리낌없이 하루에도 수백 번씩 말하던 아내는, 어느새 말만큼이나 행동도 대담해졌다. 처음에는 그냥 사랑한다는 말만 했는데 어느 정도 시간이 지난 뒤엔 내게 확인을 받으려 하기 시작했다.

"당신도 나 사랑해?"

"그럼 사랑하지."

"얼만큼?"

"하늘만큼 땅만큼."

연애할 때도 해보지 못한 이야기를 나이 들어 새삼 하려니 여간 쑥스럽지 않았다.

어느 날은 아침을 먹고 난 뒤 아내 입가에 묻은 반찬자국을 손수건으로 닦아주고 있는데 아내가 갑자기 '쪽' 소리가 나도록 입을 맞췄다. 아내의 갑작스런 행동에 난 움찔 놀랐다. 병실에 있던 사람들이 '쪽' 소리를 들었는지 다들 우리를 보고 있었다.

"사랑한다는 말도 모자라서 이제 뽀뽀까지 하네."

"그러게. 눈꼴시어서 못 보겠다."

사람들이 한마디씩 하면서 왁자지껄 웃자 아내는 덩달아 기분이 좋은지 또 입을 맞추었다. 그것도 연거푸 세 번이나. 졸지에 아내에게 뽀뽀를 당한 나는 무안해서 얼굴이 빨개졌다.

그때부터 시작된 아내의 뽀뽀는 그후 계속되었다. '사랑해'와 함께 이제는 무차별 뽀뽀 공격까지 시작된 것이다.

물리치료실에서도 그 많은 사람들이 보는 앞에서 아내는 입을 쪽 맞추었다. 그것도 두 손으로 내 얼굴을 잡아당기면서까지. 물리치료를 받던 사람들이 이번에도 일제히 우리를 바라보았다. 아내의 성격을 잘 아는 물리치료사 몇 명은 웃느라 정신이 없었다.

아내의 뽀뽀세례는 아이들 앞이라고 다르지 않았다. 요한이와 레지나가 보고 있는데도 아랑곳하지 않고 아내는 내 얼굴을 끌어다가 입을 쪽 맞추었다. 엄마가 그러는 모습을 처음 본 요한이는 황당해 하면서 쳐다보고 레지나는 민망한 얼굴로 웃었다.

"엄마, 아빠가 그렇게 좋아?"

"좋지, 그럼."

"어휴, 우리 엄마 못 말려."

부끄러움도 모르는 아내는 당당하게 외쳤다. 그런데 아내의 애정표현이 갈수록 심해지는 것이 사실 나는 좀 힘들었다. 젊은 20대 연인 사이도, 신혼부부도 아닌 40대 중년 부부가 사람들 앞에서 입을 쪽쪽 맞추고 다니는 것이 그리 좋게만 보일까? 아내의 상태를 아는 사람들이야 그냥 웃고 넘어가겠지만 우리를 잘 모르는 사람들이 본다면 어떻게 생각할까? 그 사람들 눈에도 우리가 마냥 좋게만 보일까?

한번은 물리치료실에서 아내가 입을 맞추려 하자 내가 고개를 돌려버렸다.

"여보, 사람들 보는 앞에서는 뽀뽀하지 마. 사람들이 놀리잖아."

고개를 돌려놓고 좀 미안한 마음에 그렇게 말했더니 아내는 역시나 단단히 삐쳐버렸다.

"나 미워?"

"아니. 내가 당신을 왜 미워해?"

"그럼 싫어?"

"아니. 왜 싫어. 좋지."

"그럼 왜?"

"사람들이 보잖아."

"보면 어때? 내 남편인데 어때?"

그렇게 말하니 또 할 말이 없다. 하긴 아내 입장에서 생각하면 이건 부끄러워할 일도, 남의 눈치를 볼 일도 아니었다. 그저 좋으면 좋은 대로 표현하고 미우면 미운 대로 표현하는 것이 아내의 방식이었다. 다른 사람들이 어떻게 생각할까 눈치를 보는 것은 내 생각일 뿐 아내의 생각은 아니었다.

아내의 정신연령은 이제 다섯 살이고 나는 마흔다섯 살이다. 우리 사이에 생긴 40년의 간격을 조절할 수 있는 방법은 딱 한 가지뿐이다. 그건 내가 다섯 살이 되는 것이다. 아내가 마흔다섯 살로 성장할 때까지는 내가 아내의 나이에 맞추어야 했다. 그게 바로 제대로 기다리는 방법일 테니까. 그래서 나는 아내 앞에서는 다섯 살이 되기로 결심하고 아내의 눈과 마음에 내 마음을 맞추기 시작했다. 막상 해보니 그리 어려운 일도 아니었다.

밖에 일을 보러 나왔다가 병원에 늦게 들어가는 날이면 아내는 잠을 자지 않고 나를 기다린다.

"왜 안 자고 있었어?"

"남편이 안 오는데 어떻게 자?"

"나 많이 보고 싶었어?"

"응. 보고 싶어서 눈물났어."

"눈물났어? 나도 당신 보고 싶었어."

아내와 이런 이야길 나누고 있노라면 그날의 피로가 모두 한꺼번에 녹아내리는 것 같았다. 잠자리에 들 때가 되면 아내는 자기 옆 자리를 내어주면서 침대 위로 올라오라고 말했다. 한쪽 팔을 내어주면서 팔을 베고 누우라고도 했다. 밤에 함께 텔레비전을 볼 때면 가끔씩 아내 옆에 비집고 들어가 눕기도 했다. 환자와 보듬고 누워 있는 모습이 남들에겐 어떻게 비칠지 모르지만 그때가 우리에겐 더없이 행복한 순간이다.

"우리 결혼 언제 했어?"

"1984년 4월 29일"

"어디서?"

"가톨릭센터 3층."

"주례는?"

"나춘성 스테파노 신부님"

"아, 좋다."

"좋아?"

"그럼 좋지. 행복하지."

아내는 우리가 한자리에 누워 결혼기념일과 장소를 떠올릴 때면 행복하다는 말을 스스럼없이 했다.

건강할 때, 큰 문제 없이 살아갈 때, 그때 우리는 행복하다는 말에 얼마나 인색했었나. 그때는 왜 행복하다고 말하지 못했을까? 왜 좋다고, 사랑한다고 크게 소리내어 말하지 못했을까?

아내를 병원에 눕혀놓고 돌아보니, 함께 살아오는 동안 아내에게 좀더 많이 표현하지 못한 것이 그렇게 후회스러울 수 없었다. 사랑한다는 말도 더 많이 하고, 예쁘다는 말도 더 많이 할 걸, 당신이 최고라는 말도 더 자주 해줄 걸 하는 후회가 밀려왔다.

깨어난 뒤에도 쑥스러워 제대로 하지 못하는 나를 대신해 아내가 먼저 사랑을 표현해준 것은 오히려 고마운 일이었다. 사랑한다고 스스럼없이 말하고, 또 그 답을 요구하는 아내 덕분에 나는 오랫동안 말하지 못한 내 안의 감정들을 표현하게 되었으니까. 이제라도 그것을 알게 되고 말할 수 있게 된 것이 너무나 고맙다.

어떻게 혼을 내요

볼일이 있어서 반나절 정도 외출을 하고 돌아오니, 병실 분위기가 심상치 않았다. 한눈에 보기에도 한 차례 난리가 났었다는 걸 충분히 알 수 있었다. 침대마다 설치된 개인 칸막이용 커튼이 뜯어진 채 축 늘어져 있고 천장에 박아놓은 커튼 레일도 떨어져나와 아래로 구부러져 있었다. 난리의 주동자임에 분명한 아내는 내가 온 것도 모르고 깊은 잠에 빠져 있었다.

"또 나 찾았어요?"

"말해 뭐해요."

안 봐도 그림이 그려졌다. 외출한 내가 빨리 안 오니까 아내가 보채기 시작했을 것이다. 아내는 한 번 보채기 시작하면 멈추지 못했다. 슬슬 짜증을 내기 시작해 그것이 큰 난동으로 이어졌을 것이다. 4년 만에 깨어난 아내에게 없는 것은 기억력뿐만이 아니었다. 뇌에서 자기 억제와 감정 조절을 담당하는 부분이 손상된 탓에 아내는 자제심과 분별력 같은 것도 잃어버렸다. 당장 원하는 것을 내놓지 않으면 손에 잡히는 대로 집어던지거나 사람에게 팔 다리를 마구 휘둘러댔다. 식판을 집어던져 온 병실 바닥을 음식물 투성이로 만들기도 했다. 그럴 땐 제일 좋아하는 사과마저도 마구 집어던졌다. 자기 뜻을 들어주지 않을 때, 그리고 빨리 해달라는 것을 지금 당장 해주지 않을 때, 여지없이 시작되는 아내의 반응이었다. 아내가 한 번씩 난동을 부리기 시작하면 그걸 감당할 수 있는 사람은 오직 나뿐이었다.

나는 아내를 다루는 요령을 어느 정도 파악하고 있었다. 나는 아내가 뭘 해달라고 할 때 들어줄 만한 일이면 우선 알았다고 바로 대답을 한다. 그리고 아내가 자꾸 조르면 "알았어. 잠깐만 기다려 봐. 그게 그렇게 빨리 되나. 좀 기다릴 줄도 알고 그래야지, 안 그래? 조금만 기다리면 해줄게"라고 말하면서 아내의 기분을 맞춰주었다.

아내도 자신의 말을 귀담아 듣고 반응하는가 아닌가 정도는 충분히 느끼고 있기 때문에 내가 계속해서 반응을 하면서 비위를 맞춰주면 그것이 좀 늦어지거나 혹은 이뤄지지 않는다 하더라도 어느 정도 타협을 하기도 했다. 영 안 되겠다 싶은 일은 딱 잘라서 안 된다고 말하기도 한다. 하지만 그때도 살살 달래면서 말하는 것이 중요했다.

"당신도 한번 생각해봐. 지금 밖에 비가 오는데 어떻게 나가. 밖에 나가서 비 맞아 감기 걸리면 어떡해. 그럼 또 약 먹고 주사 맞고 그래야 하는데, 당신 아프면 좋아?"

그렇게 말하면 아내는 약간 기가 죽어 나를 바라본다. 물론 그렇다고 해서 금방 고집을 꺾어버리는 건 아니다. 아무리 안 되겠다 싶은 일에도 몇 번은 더 어깃장을 놓았다.

"밖에 가자."

"그래. 알았어. 가긴 가는데, 지금 말고 이따가 비 그치면 가. 조금만 기다렸다가 응? 그럼 주사도 안 맞고 약도 안 먹고, 더 좋잖아."

나는 절대 짜증을 내지 않고 아내를 한 번 더 설득한다. 똑같은 말을 열 번, 스무 번 하는 것은 기본이고 백 번도 더 해야 할 때도 있었다. 그럴 때 짜증을 내버리면 내가 지는 것이다. 그렇게 되면 아내도 자기 화를 못 참게 되고, 자연히 일이 더 커질 수밖에 없다.

그런 모습을 본 사람들은 내게 이렇게 묻는다.

"어떻게 그렇게 짜증 한 번 안 내고 그걸 다 받아주세요?"

"짜증낼 게 뭐 있어요. 내 보기엔 귀엽기만 한데요."

사실이었다. 내 눈에는 아내의 모든 행동이 그냥 귀엽게만 보였다. 그건 아내가 아픈 사람이라는 사실을 늘 염두에 두고 있기 때문이었다. 간병을 하다보면 아프다는 걸 누구보다 잘 아는 간병인조차 가끔 환자에게 그걸 왜 못하냐며 건강한 사람의 생각과 행동을 요구할 때가 있다. 그건 아마 환자가 건강하던 시절에 대한 집착 같은 것일지도 모르겠다.

나 역시 사고 초기에는 아내에게 그런 걸 요구했다. 빨리 좋아지길 바라는 기대감이 크면 클수록 환자에게 요구하는 것도 커지기 마련이다. 그러다 자신의 기대에 환자가 미치지 못하게 되면 또 절망하기 시작한다.

'이 사람은 분명히 다 나아가고 있었는데 왜 지금 이런 행동을 하는

걸까?’

그런 생각을 할 때가 가장 두렵고 괴로운 순간이다. 하지만 4년간 아내의 식물인간 상태를 지켜보면서 내 마음은 거의 바닥을 치고 올라온 것 같았다. 그리고 그 이후부터는 모든 것이 감사하게 느껴졌다. 그리고 아내의 한계를 순순히 인정하고 받아들이게 되었다. 그것은 희망을 포기하는 것과는 다른 것이었다. 더 좋아질 거라는 희망은 간직하되, 지금의 환자 상태를 그대로 인정하는 것이었다.

아내가 말도 안 되는 고집을 피우고 난동을 부린다고 해도 4년 동안 누워 있던 모습에 비하면 기적같은 일이고 이미 뇌의 상당 부분을 잃어버린 아내가 저렇게 행동하는 것은 당연한 일이다. 또 아내는 자신이 뭘 잘못했는지 정확하게 인식할 수 없다.

그날도 뒤늦게 잠에서 깬 아내는 자신이 저지른 일은 기억도 못하고 나를 보고는 그저 좋아라 웃었다.

“남편 오니까 좋아?”

“좋지. 언제 왔어?”

“당신 잘 때 왔지.”

“그래?”

아내가 벙글벙글 웃고 있는 동안 나는 뜯어진 커튼 레일을 천장에 붙여 다시 고정시키고 커튼 자락을 연결했다. 아내의 난동을 옆에서 지켜본 병실 사람들은 이럴 때면 꼭 한마디씩 했다.

“내일부턴 아무 데도 가지 말고 마누라 옆에 꼭 붙어 있어요.”

화심 가는 길

아내의 고향 화심은 아내를 달래고 어를 때면 늘 요긴하게 사용되었다. 특히 걷기 연습 중에 아내가 왼발에 힘을 잔뜩 주고 버티고 있을 때 나는 꼭 화심을 들먹였다.

"이렇게 발을 제대로 안 펴고 고집 부리면 절대 화심 못 가. 당신 화심 안 갈 거야? 가고 싶으면 발을 펴야지. 그래야 화심에 가."

이렇게 말하면 아내는 삐쳐서 고개를 돌려버렸다. 하지만 내가 다시 "얼른 나아서 화심에 가자는 말이잖아" 하고 살살 달래면 어느새 자신이 화가 났다는 것도 잊어버리고는 "화심 언제 가?" 하고 슬그머니 반응을 했다. 하지만 반대로 화심이 아내의 화를 돋우는 구실이 되기도 했다. 화심 가자고 계속 재촉해도 내가 반응을 안 보이면 아내는 바로 골을 내기 시작했다.

처음에는 "화심에 가도 엄마 없어"라는 말로 설득했지만 그래봤자 화심에 가야 하는 아내의 목적은 바뀌지 않는다는 걸 알았다. 화심은 아내에게 머릿속에 깊이 새겨진 잠재의식 같은 것이었다. 그래서 요즘은 아내가 화심에 가자고 하면 이렇게 말한다.

"그래 가자. 그런데 지금 차에 기름이 없으니까 기름 넣어갖고 오면 그때 가자."

이렇게 말해놓고 잠시 자리를 비우고 오면 아내는 어느새 화심 가자고 말한 것 자체를 잊어버리고 다른 것에 열중하고 있었다. 이러다 또 얼마 뒤면 화심 가자는 말을 꺼내지만 그때는 또 '기름 타령'을 하면 그만이었다. 늦은 밤에 그런 소리를 하면 "오늘은 여기서 자고 내일 오래"하고 둘러대기도 했다. 그럼 아내는 지금 안 가면 엄마한테 혼난다고 야단이었다. 외박은 꿈도 못 꾸던 처녀시절 생각이 머리에 박혀 있기 때문인 듯했다.

"엄마한테 전화 왔는데 오늘은 오지 말래."

"그럼 오늘은 어디서 자?"

"여기서 자야지. 여기 침대에서."

"당신은?"

"나는 여기 작은 침대 있잖아. 여기서 잘 거야."

"그래?"

수긍했는지 한참 말이 없더니, 잠이 들기 직전 다짐하듯 말했다.

"내일은 화심 가?"

"그래. 내일은 꼭 갈 거야."

사실 아내는 뇌 복원 수술을 받은 직후에 화심에 다녀온 적이 있었다. 다만 기억을 못 하고 있을 뿐이었다. 장모님이 위독하시다는 연락을 받고 나는 아내를 차에 태우고 급하게 화심으로 향했다. 그때만 해도 한쪽 다리만 겨우 뗄 정도밖에 회복이 안 된 상태라 휠체어에 탄 채 누워 있는 자신의 엄마 앞에 다가가서도 그 사람이 엄마라는 사실조차 알아차리지 못했다.

"우리 엄마야?"

마지막 가시기 전에 얼굴이라도 뵈라고 데리고 왔건만 아내는 멀뚱멀뚱 쳐다보기만 했다. 당뇨 합병증으로 자리에 누운 장모님 역시 이미 사람을 알아볼 수 없을 정도로 사경을 헤매고 계셨다. 몇 년 만에 드디어 얼굴을 마주했건만, 딸도 어머니를 알아보지 못하고 어머니도 딸을 알아보지 못했다. 한없이 쪼그라든 어머니 앞에서 눈만 껌벅이는 아내의 모습이 한없이 가여워 보였다.

아내는 누구보다 어머니께 큰 의지가 되어온 맏딸이다. 농사일과 집안일을 함께 거들고 어머니를 대신해 시장에서 채소도 팔았다. 결혼한 뒤에도 어머니를 가까이에서 보살펴왔다. 그러나 사고 이후 아내는 친정에 발을 끊은 딸이 되었다.

아내가 사고를 당했을 때, 가족들은 장모님이 충격을 받으실까 봐 아내의 사고 사실을 당분간 숨기기로 했다. 자주 찾아오던 딸이 발길을 끊자 장모님은 "왜 금옥이가 안 오냐"고 자주 물어보셨다고 한다. 그동안 우리는 처가댁의 넓은 밭 한쪽을 얻어서 농사를 조금씩 지어왔는데 사고가 났던 해에도 밭 한쪽에 생강을 많이 심었다. 가을에 생강 수확할 때가 됐는데도 딸은커녕 사위조차 나타나지 않자 무슨 일이 생긴 게 아니냐고 걱정을 많이 하셨단다.

"일이 너무 많아 바빠서 못 온대요." 이렇게 둘러대다가 어머니가 병원에라도 다녀오신 날에는 "아까 왔다 갔는데, 어머니 기다리다 안 오셔서 그냥 갔어요" 하는 식으로 무마할 수밖에 없었다.

그해 생강농사는 결국 처남이 우리 대신 마무리를 해야 했다. 그리고 장모님이 드디어 맏딸을 만났을 때는 이미 서로를 알아볼 수 없는 상태였다.

"어머니, 금옥이가 많이 아파요. 사고를 당했어요. 그래서 지금까지 못 온 거예요."

처남이 어머니 귀에다 대고 말했지만 어머니는 그 사실을 아는지 모르는지 그냥 가만히 누워서 눈만 뜨고 계셨다. 어쩌면 돌아가시는 그 순간까지 큰딸이 왜 안 오는지 궁금해 하셨을지도 모르겠다.

자세한 내막을 모르기는 아내 역시 마찬가지였다. 아내는 지금도 어머니가 살아계신다고 철썩같이 믿고 있다. 자꾸 화심에 가자고 하는 것도 그 때문이다. 아파서 자리보전을 하고 있던 어머니의 모습은 어느새 아내의 기억 속에서 사라진 지 오래다. 아내의 기억 속에 남아 있는 어머니는 시집가기 전 함께 밭일을 하고 집안일을 하던 그 모습 그대로일 것이다.

어머니 대신 남동생이 지키고 있는 화심 친정집에 가는 길, 화심에 간다는 사실에 들떠서 그런지 옷을 챙겨 입고 차에 올라 타는 아내의 움직임이 여느 때보다 훨씬 날렵했다.

"화심 가니까 좋아?"

"그럼 좋지."

차에 오른 뒤에도 아내는 바깥을 구경하면서 "화심 멀었어?" 하고 계속 물어댔다. 화심은 병원에서 차로 40분 남짓 걸리고 우리 집이 있는 다리목에서도 그리 멀지 않았다. 가려고 마음만 먹으면 언제든 갈 수 있는 곳이긴 했다. 하지만 아내가 기다리고 있는 것들은 이미 그곳에 없었다.

친정집 마당에 차를 멈추고 아내를 조심조심 차에서 내렸다. 사고난 이래 화심에 온 것은 이번이 두 번째인 셈이었다. 그때야 워낙 몸이 안 좋았을 때니 아무것도 기억하지 못했다 치더라도 지금은 많이 회복이 되었고 거기다 매일 노래하던 화심이니만큼 아내가 어떤 식으로든 반응을 할 거라 예상했다.

그런데 아내는 이곳이 화심이란 사실조차 모르고 있었다. 아니 우리가 화심을 가기 위해 병원을 나섰다는 사실조차도 이미 잊어버린 뒤였다.

"당신 그렇게 오고 싶다더니 드디어 왔네."

그러나 아내의 반응은 기대와는 달랐다.

아내는 몇 번 두리번거리더니 "여기가 어디야? 화심 안 가?" 했다. 집 안에 들어가면 좀 다르겠지 싶었지만, 어머니 방에 들어가고 마루에 한참을 앉아 있어도 역시 마찬가지였다.

"여기가 어머니 방이잖아. 기억 안 나?"

"저기 마당에서 동생들이랑 놀던 거 기억 안 나?"

막상 화심에 오자 아내는 심드렁한 반응을 보였다. 아무것도 생각이 안 나면 아내는 자꾸 딴청을 피우는데 여지없이 그런 행동이 나왔다.

"그럼 이제 어머니 만나러 갈까?"

"엄마? 엄마 어딨어?"

어머니란 말에 그제야 얼굴이 환해지며 관심을 보였다.

"만나고 싶으면, 지금 같이 가자."

아내는 좋다고 나를 따라나섰다. 누가 붙들어주면 이제 걷는 데는 큰 어려움이 없었지만 산을 오르는 일은 아직 자신이 없었다. 다행스럽게도 산소가 모셔져 있는 위치가 그리 높지는 않았다. 업고 오를까 하다가 다리 운동에도 도움이 될 것 같아 아내를 데리고 천천히 산에 올랐다. 엄마를 만나러 간다는 말에 아내는 힘들어 하면서도 칡덩굴과 잡목들을 헤치며 두 다리를 움직였다. 그러나 막상 산소에 도착하자 아내는 올라온 목적을 또 잊어버렸는지 봉분을 보고 "여기가 어디야?" 하고 물었다.

"부모님 무덤이잖아. 어머니 돌아가셨다고 했잖아."

"그래? 언제? 몰랐네."

말은 그렇게 해놓고도 아내는 아쉬운지 무덤가에 한참 동안 앉아 있었다. 그러나 힘들게 산을 내려와 차에 앉았을 때, 아내는 숨을 고르며 다시 물었다.

"우리 화심은 언제 가?"

6년 만의 귀가

화심까지 온 김에 이번엔 다리목에 있는 우리 집에도 들르기로 했다. 사고가 났던 날, 아이들의 아침상을 차려놓고 집을 나선 뒤 거의 6년 만에 돌아오는 셈이었다.

나는 일부러 해월리 읍내를 거쳐가며 천천히 차를 몰았다.

"여기도 많이 변했지? 저기 있는 게 요한이와 레지나가 다니던 학교잖아. 기억나?"

"그랬어?"

"저 길은 생각나? 버스가 저쪽으로 돌아서 다리목까지 가잖아."

"응……."

"당신 병원에 있는 사이에 우리 동네에 체육고등학교가 들어섰어. 저기 보이는 건물이 체육고등학교야."

“크네.”

무슨 말을 해도 아내의 대답은 비슷했지만 나는 쉬지 않고 이곳 저곳을 가리키며 설명을 늘어놓았다.

이차선 국도에서 버스 한 대가 겨우 지나다닐 수 있는 좁은 길로 들어서면 거기서 200미터쯤 더 가 천주교에서 운영하는 독거노인센터의 큰 건물 몇 채가 서 있었고 바로 건너편에 우리 집이 있었다.

“당신 저 건물은 기억나? 외로운 할머니 할아버지들 모시고 있는 곳이잖아.”

“그랬어? 나는 몰랐네.”

역시 모른다는 대답뿐이다. 그럴 때면 꼭 알면서 시치미를 떼고 있는 게 아닌가 싶을 만큼 능청스런 얼굴이다. 재차 물어봤자 나오는 대답은 언제나 매한가지였기에 아내가 모른다고 하면 나는 또 다른 질문을 던졌다. 수백 번 질문을 던져 한 가지라도 기억난다는 대답을 듣는다면 그걸로 족했지만, 그것 역시 쉬운 일이 아니었다.

집에 도착해 가지고 있던 열쇠로 문을 열자 녹슨 철제 대문이 쇳소리를 내면서 열렸다. 아내는 남의 집에 처음 놀러 온 사람처럼 약간의 호기심을 안고 나를 따라 조심조심 집 안으로 들어섰다.

요한인 고등학교 2학년 때부터 큰댁을 거쳐 대학 시절엔 기숙사, 그리고 지금은 군대에 있었고, 레지나는 고등학교 시절부터 기숙사에 들어가 대학생이 된 지금도 역시 기숙사에 있다. 그리고 나는 6년 동안 병원에서 아내의 옆 자리 간이침대에서 생활해왔으니 이 집은 꽤 오랜 세월 비어 있었던 셈이다. 자갈을 깔아놓은 마당엔 자갈 틈 사이로 잡풀들이

자라 무성했고 지붕 아래에는 여기저기 거미줄이 걸려 있어 빈 집이라는 사실을 고스란히 보여주고 있었다. 유리문을 열고 들어서서 신발을 벗고 올라서니 마룻바닥에서 서늘한 냉기가 올라왔다.

"여기가 우리 집이야. 당신이랑 나랑 요한이, 레지나가 같이 살던 집. 기억 안 나?"

"그래?"

아내가 집을 떠나 있는 동안 나는 아이들에게 집 안의 어떤 물건도 치우거나 자리를 옮기지 못하게 했다. 사람만 들고 났을 뿐, 집은 아내가 떠난 그날 아침 그대로였다. 화장대 위에는 아내가 바르던 화장품이 그대로 먼지를 뒤집어쓴 채 놓여 있고 텔레비전 위에 놓인 메모지엔 1999년의 메모가 그대로 적혀 있었다. 냉장고 속의 음식물은 바뀌었지만 냉장고가 놓인 위치나 냉장고 앞에 붙어 있는 병따개도 여전히 그 자리에 있었다. 부엌에서 아내가 쓰던 냄비는 물론이고 아내가 입었던 옷도 장롱에 그대로 걸려 있었다.

어느 구석의 아주 작은 물건 하나라도 아내의 기억을 되살리는 데 영향을 미치게 되지 않을까 하는 생각에서 그렇게 놔둔 것이었다. 하지만 나의 그런 노력에도 불구하고 아내는 그저 낯선 집처럼 둘러보기만 할 뿐 작은 것 하나도 기억하지 못했다.

"여기가 우리 안방이야. 당신이 여기서 자고 화장도 하고 옷도 입고 그랬어."

"그래?"

"여기는 부엌이야. 당신 요리 잘했잖아. 요한이 좋아하는 오징어 볶음도 만들어주고, 된장찌개도 잘 끓였잖아."

"그랬어?"

이번엔 앨범을 꺼내들고 와 하나하나 보여주었다.

"이건 당신 젊었을 때 사진, 우리 연애할 때 사진도 있네. 여기 놀러가서 우동도 사먹었잖아. 이렇게 사진도 찍고."

연애시절 사진을 보여주자 아내는 관심을 갖고 보는 것 같았다. 건강하고 예쁘던 시절의 아내가 사진 속에서 얌전하게 웃고 있었다.

"이 사람 누구야?"

"금옥이."

"그래, 잘 아네. 여기 이 남자애는 누구야?"

"요한이."

"맞아. 그럼 여기 머리 묶은 여자애는?"

"레지나."

사진 속의 자신과 아이들 모습은 기억하고 있었다. 사진 속의 우리 가족들은 모두 건강해 보였다. 아내는 젊고 아이들은 귀여웠다. 나는 앨범 속의 사진들을 하나하나 짚어가면서 그동안 해주지 못한 수많은 이야기들을 풀어놓았다. 그러나 막상 앨범을 덮고 나자 아내는 다시 아무것도 모르는 얼굴로 돌아와버렸다.

"당신 빨리 나아서 집에 돌아오자. 이 집에서 다시 옛날처럼 재밌게 살아야지."

"우리가 재밌게 살았어?"

"그럼, 얼마나 재밌게 살았는데. 앞으로도 그렇게 살 수 있을 거야. 당신 여기서 편하게 지낼 수 있도록 내가 벌써 준비도 해놨어."

"그래?"

"보여줄까?"

나는 아내에게 안방에 사다놓은 환자용 침대와 걷기 연습을 위해 마루를 따라 길게 연결해놓은 지지대를 보여주었다. 뇌 복원 수술 이후 아내가 깨어나고 몸을 움직이게 되었을 때, 그때는 정말 마음이 급했다. 이제 몇 달만 병원에서 고생하면 집으로 돌아갈 수 있을 것 같아 서둘러 환자용 침대도 사들이고 복도에 지지대도 연결해놓은 것이다. 재활과정이 예상보다 더뎌지면서 침대는 안방에 덩그러니 남고 복도 지지대에도 거미줄만 쳐졌지만 그래도 이것들이 유용하게 쓰일 날이 그리 멀지 않았다고 여전히 믿고 있었다.

"이거 잡고 걷기 연습하고, 잘 때는 여기서 편하게 자면 되잖아. 당신 집에 와서도 편하게 지낼 수 있어. 그러니까 얼른 집에 오도록 하자. 알았지?"

"언제 오는데?"

"그건 당신 하기 나름이지. 일단 왼쪽 발부터 펴야 돼. 그래야 제대로 걸을 수 있잖아 제대로 걸어야 집에 오지."

집에 돌아오고 싶은 마음이 별로 없는지 아내는 별 대답이 없었다. 아내는 모를 것이다. 내가 얼마나 이 집으로 돌아오고 싶어하는지를. 하지만 아내에게 이 집은 어느새 낯선 집이 되어 있었다.

이 집과 다시 친해지기 위해서는 많은 시간이 필요할 것 같았다. 다음에 왔을 때는 어쩌면 한 가지만이라도 기억해낼지 모른다. 그리고 또 다음에 오면 다른 한 가지를 기억해내겠지. 그렇게 하다보면 집 안에 남아 있는 물건들 하나하나가 아내의 기억을 되돌리는 데 모두 도움이 될지도 몰랐다. 머지않아 이 집에도 밤이면 불이 켜지고, 밥 짓는 냄새가 나고 웃음소리가 퍼지게 될 날이 오겠지. 반드시 그래야 한다. 아직은 멀지만 그래도 언젠가 이뤄질 풍경들을 마음속에 그려보면서 나는 아내를 데리고 다시 병원으로 돌아왔다.

5장

엄마 때문에 웃고,
엄마 때문에 울고

사람들이 포기하라고 할 때마다 나와 아이들을 향해 혀를 차며 걱정을 할 때마다 나는 더욱 아내에게 매달렸다.
세상사람 모두가 아내를 포기해도 나는 그렇게 할 수 없다.
나는 남편이기 때문이다. 우린 가족이기 때문이다.

묵묵히 참고 견뎌준 고마운 아이들

"아빠, 저…… 목걸이 줄 하나만 사주실래요?"

기숙사로 돌아가는 레지나를 배웅하러 병원 입구까지 따라나가는 길에 레지나가 조심스레 말을 꺼냈다.

"목걸이? 아빠가 목걸이 하나 사줄까?"

"그냥 줄만 사주시면 돼요."

"왜 줄만 사달라고 그래?"

"아는 분이 성지순례를 다녀오시면서 작은 십자가를 선물로 주셨는데 그걸 목에 걸고 싶어서요. 제 용돈으로 사도 되지만 아빠께 선물 받고 싶어요."

레지나는 선물 받은 십자가를 꺼내 보여주었다. 하얗게 빛나는 십자가는 그냥 보기에도 참 예뻤다.

"그래. 아빠가 사놓을 테니까 내일 잠깐 들러."

버스에 오르는 걸 보고 다시 병실로 돌아오는데 문득 아이가 스무 살이 되도록 그 흔한 반지 하나 사주지 못했다는 사실이 새삼 떠올랐다. 고등학교를 졸업할 때 부모가 금반지를 사주는 것이 유행이라고 들었는데 그것도 못해줬다. 반지뿐만 아니라 지난 7년 동안 손수 옷을 사다주거나 선물을 사준 적이 언제였는지 잘 기억이 나지 않는다. 시간을 내서 선물을 고르고 아이들과 같이 외출하는 일이 힘들다는 이유로 대부분 돈으로 해결하려 했던 것 같다. 그럴 수밖에 없는 사정을 누구보다 잘 아는 아이들이지만 그래도 한 번쯤 아빠가 직접 골라주는 선물을 받고 싶었을 것이다. 목걸이 줄을 사달라고 하는 레지나의 마음도 마찬가지였으리라.

나는 다음날 당장 시내에 나가 레지나가 부탁한 목걸이 줄을 사고 편지도 한 통 썼다.

'이건 아빠가 주는 선물이 아니라 엄마 아빠가 함께 주는 선물이야. 아빠가 샀지만 함께 주는 거라 생각하고 받아줬으면 좋겠다.'

엄마의 역할을 대신하기 위해 내가 두 배 이상 노력해야 했지만 그렇지 못했다는 생각이 들었다. 엄마 역할까지 대신하기보다는 아빠 역할까지 포기했던 게 아닐까? 뒤늦은 미안함을 목걸이 줄과 편지에 담아 레지나에게 건넸다.

"아빠 이게 금이에요? 왜 하얗죠?"

"백금이라서 그래. 십자가도 흰색이라 똑같이 했어."

"아빠 고마워요."

목걸이를 거는 레지나의 얼굴에 기쁜 표정이 가득했다. 고작 줄 하나 받고 저렇게 좋아하는 아이를 보니 그동안 해주지 못한 것이 못내 미안했다. 아이들에게 우리는 과연 어떤 부모일까? 아이들이 말은 안 해도 나를 원망하고 있지는 않을까? 아내를 돌보느라 나 자신의 시간을 잃어버린 것은 하나도 아깝지 않았다. 하지만 아이들에게 해주지 못한 많은 일들, 채워주지 못한 빈자리들은 지금도 마음 밑바닥에 가슴아픈 앙금으로 남아 있다.

사고난 첫날, 중환자실에 누워 있는 아내의 모습은 아이들에게 큰 충격을 주었다. 머리엔 붕내를 김아 얼굴이 반밖에 보이지 않았고 다리엔 커다란 추를 매달고 있는 엄마의 모습에 놀라 말도 제대로 못하던 아이들은 내가 집까지 데려다주는 동안에도 입을 꾹 다물고만 있었다. 집에 돌아온 우리는 거실에 모여 앉았다. 아이들의 얼굴은 꼭 소나기 내리기 적전의 먹구름 낀 하늘 같았다. 나 역시 입이 떨어지지 않아 막막한 얼굴로 한참 동안 앉아 있다가 힘들게 입을 뗐다.

"너희도 봐서 잘 알겠지만 엄마는 지금 굉장히 위험한 상태야. 하지만 아빠는 다시 좋아질 거라고 믿고 있다. 그런데 좋아지기 위해서는 많은 노력이 필요해. 그래서 아빠는 오늘부터 엄마가 나을 때까지 정말 죽을 힘을 다해 노력할 생각이야. 문제는 그렇게 되면 너희를 전처럼 돌볼 수 없다는 거야. 그래서 아빠가 너희에게 부탁을 좀 하려고 해."

아이들의 표정이 더 시무룩해졌다.

"지금까지 너희가 엄마의 사랑을 많이 받았으니까 이제는 너희가 엄마를 사랑할 때인 것 같다. 엄마에게 받은 사랑만큼 우리도 되갚는다 생각하고, 엄마를 걱정하고 엄마를 위해 기도하자. 우리 가족이 힘을 모아서 엄마를 사랑하고 염려해야, 엄마가 나을 수 있을 것 같다."

"그럼 이제 우리는 어떻게 해요?"

"큰집이나 고모집에 가서 살아야 해요?"

요한이 묻자 레지나도 뒤따라 물었다.

"아냐. 너희는 이 집에 있을 거야. 엄마가 병원에 얼마나 오래 계시게 될지도 모르는데 무턱대고 친척들에게 폐를 끼칠 수는 없잖아. 그러니까 그냥 집에 있도록 하자. 앞으로 모든 일은 너희와 나, 우리 셋이서 해결하는 거야. 누구의 도움을 기대하지 말고 우리 셋이서 헤쳐나가자. 엄마가 깨어날 때까지, 알았지?"

요한과 레지나는 억지로 고개를 끄덕였다. 막막한 걸로 치면 나도 아이들 못지않았지만 그래도 아이들의 기운을 북돋아주기 위해 억지로 씩씩하게 말했다. 어쩌면 그건 나 자신을 향한 다짐이었는지도 모르겠다.

"그러니까 엄마가 병원에 누워 있다고 해서 너희가 기죽고 우울해할 필요는 없어. 엄마는 그대로야. 누워 있긴 하지만 그래도 변함없이 너희의 엄마이고 머지않아 엄마의 자리로 돌아올 거야. 그러니까 우리 밝게 살자. 아무 일 없다는 듯이 밝게 사는 게 너희가 엄마를 위해 해줄 수 있는 가장 큰 일이니까."

요한과 레지나는 아까보다는 좀더 힘주어 고개를 끄덕였다. 아이들이 이 상황을 어떻게 받아들이고 있는지 알 수 없지만 적어도 아빠의 마음만큼은 이해하는 것 같았다.

그날 이후 아이들은 엄마가 집에 없는 것을 불평하고 슬퍼하는 대신 엄마가 빨리 낫기를 기도하며 하루하루를 견뎌나갔다. 요한이는 중 3, 레지나는 중 1, 사춘기로 접어들 나이에 시작된 이 생활은 고등학교를 졸업할 때까지 변함없이 계속되었지만 아이들은 불평하지 않고 현실을 묵묵히 참아나갔다.

시간이 지나 아이들이 대학생이 된 요즘엔 이따금 이런 생각이 들었다.

'내가 아이들에게 너무 큰 짐을 지웠던 것은 아닐까?'

레지니에게 뒤늦은 선물 하나를 하면서 나는 많은 생각을 했다. 부모에게 은혜를 갚을 수 있는 시간이 길지 않듯 아이들에게 부모가 사랑을 보여줄 수 있는 시간도 그리 길지 않은데, 어쩌면 그 시기를 놓쳐버린 게 아닌가 싶어 더 마음이 아파왔다.

아이들만 사는 집

전라북도 완주군 소양면 해월리. 사람들은 우리 동네를 다리목 동네라 부른다. 공기도 좋고 물도 맑은 이 동네에서 우리는 꽤 오래 살았다.

어머니를 모시고 살 적에는 어머니가 고향을 떠나기 싫어하셔서 이사갈 생각을 안 했고, 어머니가 돌아가신 후에는 생활이 어려워 이사갈 여유가 나지 않았다. 어느 정도 생활이 안정된 뒤에는 집을 고쳐 계속 살기로 했다. 원래 살던 터에 보일러를 새로 깔고 부엌을 고치고 베란다만 새로 낸 것에 불과했지만 재료를 사다가 직접 고치고 페인트 칠까지 둘이서 함께 한 집이라 고치고 나니 새 집을 얻은 것보다 더 기분이 좋았다.

처음엔 돈이 넉넉지 않아 집만 지었지만 시간이 지나면서 아이들 방도 꾸며주고 여기저기 손도 보면서 그야말로 우리 집처럼 만들어갈 수 있었다. 아이들이 다 자라 시집 장가 갈 때까지 이 집에서 오순도순 재미나게 살아가자고 아내와 약속했건만, 사고가 난 이후부터 아내와 나의 집은 병원이 되어버렸다. 그리고 다리목에 지어진 집에는 아이들만 우두커니 남았다.

처음부터 아내의 간병은 당연히 내가 맡아야 한다고 생각했고 지금도 그 생각에는 변함이 없지만 단 한 가지 아이들이 마음에 걸렸다. 형수와 여동생이 아이들을 돌보겠다고 나섰지만, 그 말에 선뜻 그러라고 할 수 없었던 것은 우선 그 기간이 얼마나 될지 전혀 예측할 수 없었기 때문이다. 당분간이라면 걱정 않고 맡기겠지만 아내의 상태는 그것이 당분간으로 끝날 수 없다는 사실을 너무나 잘 알려주고 있었다.

만약 몇 년까지 이어진다면 그때까지 친척들에게 무작정 폐를 끼칠 수는 없는 노릇이었다. 우리 가족의 문제는 가족 안에서 해결해야지 그렇지 않으면 더 많은 사람들이 아내로 인해 피해를 입게 될지 모른다고 생각했다. 아내가 누군가에게 원망의 대상이 되고 폐를 끼치는 대상이 되도록 만들고 싶지는 않았다.

나는 아이들에게 너희끼리만 지내야 하는 이유를 충분히 설명하기로 마음먹었다. 아빠가 엄마 곁에 있어야 하는 이유와 너희를 큰댁이나 고모댁에 보낼 수 없는 이유에 대해서도 설명했다.

"나중에 정말 힘들면 그때는 큰댁에 보내줄게. 하지만 일단은 우리 힘으로 한번 버텨보자. 그렇지 않고 처음부터 친척들 도움을 받기 시작하면 계속 그렇게 될 거야. 그럼 결국은 도와주는 사람들도 너무 힘들게 되잖아."

아이들은 내가 엄마 곁에 있어야 하는 이유를 충분히 공감했다. 다만 저희끼리 지내야 한다는 사실에 대해서는 약간 겁을 먹었다. 그나마 중3인 요한이가 맏이답게 든든한 대답을 해주었다.

"아빠, 걱정 마세요. 저랑 레지나랑 잘할게요."

나는 우선 아이들에게 밥 짓는 방법부터 가르쳤다.

"씻은 쌀을 전기 밥솥에 넣고, 손등이 잠길 듯 말 듯 할 때까지 물을 맞추는 거야. 자 봤지? 그리고 취사 버튼을 누르면 돼. 쉽지?"

설명하고 나서 아이들 얼굴을 보니 그 정도쯤은 아무것도 아니라는 듯한 표정이었다.

"엄마 하는 거 다 봤어요."

"그래? 그럼 밥 하는 건 넘어가고, 다음은 냉장고 앞으로 이동!"

냉장고에 넣어야 할 음식과 안 넣어도 되는 음식들을 하나하나 짚어가면서 알려주었다. 냉장고가 끝나고 나선 세탁기로 넘어갔다. 눌러야 하는 버튼과 세제의 양을 알려준 뒤에 마지막으로 문단속 하는 방법을 설명했다. 문단속은 내가 가장 걱정하는 부분이기도 했다.

"너희만 있어야 하니까 집에 오면 무조건 대문부터 잠가. 아무리 대낮이라 해도 문은 꼭 잠그고 있어야 해. 무슨 일이 생기면 바로 아빠 휴대폰으로 전화하고, 알았지?"

메모까지 해가며 세세히 설명하고 다짐을 받아두었지만 아이들만 두고 집을 나설 때는 역시 발이 떨어지지 않았다. 병원에 도착해서도 아이들 걱정이 머리에서 떠나질 않았다. 그렇다고 집으로 달려가 보면 또 병원에 있는 아내가 걱정돼 오래 있지도 못했다.

처음에는 모든 것이 엉망이었다. 학교 다니면서 청소하고 빨래하고 밥까지 해먹어야 했으니 아무리 둘이서 같이 한다고 해도 어려운 일이었을 것이다. 일주일에 한 번씩 집에 들러 보면, 집 안엔 옷가지가 여기저기 널려 있고 방바닥엔 먼지들이 굴러다녔다. 창문을 열고 한바탕 청소를 끝낸 뒤 세탁기를 돌리고 있으면 아이들이 돌아왔다.

레지나는 나를 보자마자 우선 제 오빠 흉부터 늘어놓기 시작했다.

"오빠는 일을 안 하고 나한테만 시켜요. 내가 밥도 하고 설거지까지 했어요."

이렇게 일러바치고 있으면 바로 요한이기 반격에 나섰다.

"레지나는 말도 안 듣고 방 청소도 안하고 설거지도 나한테만 미뤄요."

누구 말이 맞는 건지 알 수 없었지만 나는 두 아이에게 똑같이 칭찬하고 똑같이 꾸중했다. 무엇보다 이렇게 어려운 때에 너희가 서로 위해주면서 살아야 아빠도 마음 놓고 엄마 간병을 할 것이 아니냐는 말로 아이들을 설득해야 했다. 그래도 다음주에 가면 아이들은 또 한바탕 싸우고 서로 으르렁대기 일쑤였다.

그러나 그런 생활도 1년을 넘어서면서 바뀌어갔다. 아이들은 집안일에 익숙해졌다. 레지나가 밥을 해놓으면 요한이가 설거지를 하고, 청소는 방을 나눠서 함께 하는 등 보이지 않는 규칙들이 생기기 시작한 것이다. 요한이가 고등학생이 되고 레지나가 중 2가 되자 둘은 더 이상 집안일 때문에 다투지 않았다. 대신 다른 문제가 발생했다.

일주일에 한 번씩 아이들에게 생활비와 용돈을 주면 레지나는 그 돈을 규모 있게 잘 쓰는 반면 요한이는 한꺼번에 모두 써버려 언제나 돈이 모자랐다. 처음엔 오빠라고 생활비를 요한이에게 맡겼는데 생활비마저 써버린 걸 몇 번 들킨 뒤에는 레지나에게 맡기기로 결정했다. 요한이는 그것 때문에 불만이 많았다.

"오빠가 동생한테 돈을 타쓰는 게 어딨어요?"

"좋아, 그럼 너한테 줄 테니까 대신 지금부터 용돈 기입장을 써."

용돈 기입장이란 말에 요한이가 얼굴을 찡그렸다.

"왜 그건 싫어? 귀찮아?"

"네."

"그럼 할 수 없어. 동생한테 돈을 타쓰는 수밖에."

요한인 어려서부터 오락을 좋아해서 오락실에서 용돈을 다 날리곤 했는데 아내가 다치기 전에 애한테 이런 말을 했던 모양이다.

"오락실 갈 돈으로 차라리 간식 사먹는 데 써."

엄마가 간섭을 못하니 오락실에 가서 돈을 다 써도 누가 뭐라 할 사람은 없었지만 그래도 그 말이 마음에 걸렸는지 오락실 가는 대신 먹는 데 돈을 쓰기 시작했다. 그런데 뭘 먹으러 갈 때마다 저만 가는 게 아니라 친구들까지 우르르 데리고 다녔다. 용돈이 풍족하니 친구들의 기대치도 나날이 높아갔고 그럴수록 용돈은 더 빨리 바닥날 수밖에 없었다.

나는 규모 없는 요한이의 씀씀이를 야단치긴 했지만 그렇다고 용돈이나 생활비를 줄이지는 않았다. 요한이가 용돈을 더 달라고 하면 못이기는 척하고 주었다. 속으론 내가 지금 잘못 하고 있는 게 아닐까 걱정도 되었지만 걱정이 아이들에 대한 측은한 마음을 이기지는 못했다. 그리고 그런 걱정마저도 시간이 지나면서 사라졌다.

　요한이가 고등학교 2학년 때의 일일 것이다. 어느 날 요한이는 내게 구두 상품권 한 장을 내밀었다. 이게 어디서 생겼냐고 물어보니 용돈을 아껴서 샀다고 했다. 받아드는 데 콧등이 시큰했다. 해진 내 구두를 눈여겨보고 있었다는 사실도, 제 쓸 걸 아껴서 샀다는 사실도 내 가슴을 아리게 만들었다. 곁에 있어 주거나 제대로 챙겨주지도 못했건만, 그럼에도 불구하고 아이들은 저절로 자라고 있었던 것이다.

라면 좀 그만 먹자

청소나 빨래는 일주일씩 미룬다고 해서 큰일나는 게 아니지만 먹는 문제만은 그렇지 않다. 아내가 사고를 당한 것이 명절 직후라 처음 일주일은 냉장고에 있는 음식만으로 그럭저럭 버틸 수 있었지만 그것도 이내 바닥을 드러내고 말았다. 점심은 학교 급식으로 해결되지만 아침 저녁은 아이들이 스스로 해결해야 하기에 역시 먹는 일에 가장 마음이 쓰였다.

내가 일주일에 한 번씩 장을 봐서 집에 들렀는데 아무래도 아이들이 쉽게 조리할 수 있는 것 위주로 사다보니 빵이나 햄, 전자레인지에 돌리기만 하면 되는 반 조리 음식들이 대부분을 차지했다. 한창 자랄 시기라 몸에 좋은 음식을 먹어야 한다는데 우리 아이들은 방부제가 잔뜩 들어간 인스턴트 음식만 먹고 있다고 생각하니 속이 쓰렸다.

가끔 생선을 사다 찌개도 끓여주고 고기도 구워주었지만 그건 일주일에 한 번 있을까 말까 한 일이었다. 게다가 내가 아내처럼 솜씨가 좋은 것도 아니어서 아이들 식성에 차지도 못했다. 그렇다고 아이들에게 직접 나물 무쳐 먹고 고깃국 끓여 먹으라고 할 수도 없었기에 밥이 밥통에서 사흘씩 묵고 반찬 한 가지로 일주일을 버텨도 속만 끓일 뿐 뚜렷한 대안은 없었다.

한번은 집에 간 날, 가스레인지 위에 냄비가 올려져 있기에 열어보니 그 안에 김치찌개가 한가득 들어 있었다. 끓여놓고 며칠을 그냥 둔 모양인지 벌써 맛이 변해 있었다.

"이 김치찌개 누가 끓였니?"

"레지나가요."

"근데 왜 안 먹고 이렇게 상할 때까지 그냥 뒀어?"

요한이 슬쩍 동생 눈치를 보더니 대답했다.

"너무 맛이 없어서 못 먹겠더라고요."

요한의 대답에 레지나가 입을 삐죽거리더니 한 마디 받아쳤다.

"걱정 마. 앞으로 절대 요리 안 할 테니까."

그 말을 들으니 내가 오히려 레지나에게 미안했다. 이제 겨우 중학교 1학년에 불과한 아이한테 밥도 하고 찌개도 끓이게 만든 것이 미안했고, 장한 일을 하고도 서운한 소리만 듣게 한 것이 미안했다.

"레지나야. 처음에는 다 그래. 다음에는 소금을 넣어서 간을 한번 맞춰봐."

미안한 마음에 그런 말을 건네봤지만 제 오빠에게 어지간히 창피를 당했는지 그후 한동안 레지나는 찌개나 국을 끓이지 않았다. 그런 레지나도 1년 쯤 지나자 실력이 많이 늘었다. 김치찌개 끓일 때 참치를 넣는 요령도 깨우쳤고 점차 제 엄마가 내는 맛을 조금씩 따라잡기 시작했다.

그래도 역시 아이들은 아이들이다. 뭘 제대로 만들어 먹기보다는 간편하게 대충 때우는 것을 좋아하고 그렇다보니 물만 끓이면 저희 입맛을 딱 맞추게 되는 라면에 손이 가는 것이 당연했다.

밥 먹기 싫을 때만 먹으라고 라면 한 박스를 사다놓았는데 일주일 후에 가보니 그 라면 박스가 텅텅 비어 있는 게 아닌가? 일주일 만에 라면 한 박스를 다 먹다니 대체 얼마나 많이 먹어댔으면 이렇게 되냐고 묻는 내게 아이들은 아침에도 라면, 저녁에도 라면을 먹었다고 대답했다.

"그렇게 자주 먹으면 안 좋아. 일주일에 한두 번만 먹어라. 될 수 있으면 밥을 해먹어야지."

이렇게 누누이 강조한 뒤에 다시 한 박스를 사다놓았지만 역시 마찬가지였다. 이번엔 일주일은 겨우 넘겼지만 열흘은 채 가지 못했다. 할 수 없이 라면을 아예 사주지 않기로 결정했다. 그런데 내가 사주지 않는다고 라면을 안 먹을 애들이 아니었다. 집에 가보면 항상 부엌 어딘가에 라면 봉지가 뒹굴고 있었다. 한번은 찾을 것이 있어 급하게 집에 들른 적이 있는데 마침 요한이 허겁지겁 라면을 먹고 있는 걸 보았다.

"라면 좀 그만 먹으랬더니 또 라면이야?"

나무라는 투로 말하자 입에 든 라면을 급하게 넘기며 대답한다.

"집에 먹을 게 하나도 없는 걸 어떡해요."

요한이의 대답에 나는 할 말을 잃었다. 장만 봐줄 뿐이지 제대로 된 음식을 만들어주지도 못하는 주제에 왜 그런 걸 먹냐고 야단이나 치고 있으니……. 미안한 마음뿐이었다.

"엄마 계시면 된장찌개라도 끓여주실 텐데……."

저도 모르게 나왔는지 그렇게 불쑥 꺼내놓고는 서둘러 말끝을 흐리는 요한이의 말에 역시 대답할 말이 없었다.

아내는 요리를 잘했다. 아내가 만들면 찌개든 국이든 모두 맛있었다. 그 중에서도 요한이가 제일 좋아하는 건 오징어 볶음이었다. 요한인 먹성이 좋아서 밥 두 그릇은 기본으로 비우는데 오징어 볶음이 상에 오르면 세 그릇까지 먹었다. 그렇게 끼니 때마다 맛있게 먹고 배불리 먹었던 아이들이 지금은 매일 라면으로 끼니를 때우고 있으니 말은 안 해도 저희가 느끼는 설움 역시 적지 않았을 것이다.

"그래도 너무 자주 먹지는 마라."

미안한 마음에 이 말만 겨우 했다.

아이들에게는 그렇게 말해놓고 나 역시 병원으로 돌아와선 라면으로 끼니를 때웠다. 병원 생활을 오래 하다보니 나도 그러지 말아야지 하면서도 일단 라면 봉지부터 뜯게 되었다.

온 식구가 둘러앉아 아내가 끓인 찌개를 먹을 수 있는 날, 아니 내가 끓여도 좋다. 네 식구가 함께 한 상에 둘러앉아 머리 맞대고 밥을 먹을 수 있는 날이 오기를 기대하면서, 아이들은 집에서, 나는 병원에서 그렇게 서로 안 먹는 척 라면을 먹어댔다.

아빠 엄마가 우릴 벌주시나 봐

엄마가 곧 집으로 돌아올 거라고 믿고 있던 아이들은 션트 수술 이후 아내의 상태가 더 나빠지자 많이 낙심한 것 같았다. 병원에 와도 아내가 멍하니 누워만 있을 뿐 눈도 맞추지 않자 점차 병원에 오는 것도 꺼려하는 눈치였다.

내가 집에 들러도 역시 반가워하는 기색이 없었다. 사춘기를 맞아 한창 예민한 나이들인데 엄마가 아프니 그 예민함을 제대로 드러내지도 못하고, 그렇다고 마냥 씩씩한 척하기도 지친 모양이었다.

하루는 집에 들렀더니 두 아이의 표정이 심상치 않았다. 둘이 싸웠나 싶어 화해시키려고 불러다 앉혔더니 싸운 건 아니라고 한다.

"아빠한테 꾸중 들을까 봐 아니라고 하는 거야?"

"아니에요. 진짜 안 싸웠어요."

"그럼 왜 그렇게 표정이 안 좋아."

둘 다 묵묵부답이다.

"왜 그래? 뭐든 아빠랑 상의하기로 했잖아. 얼른 말해 봐."

"그냥……. 방학인데, 어디 놀러도 못 가고……. 다른 친구들은 부모님이랑 놀러간다고 하는데 우린 아무 데도 못 가고……."

레지나가 기어들어가는 목소리로 말하자 요한이가 제 동생을 나무란다.

"아빠한테 그런 말 하지 말라니까!"

아내가 다친 이후 아이들과 같이 외출을 한 거라곤 병원까지 데워간 것뿐이니 레지나에게서 저런 말이 나올 만도 했다. 특히 레지나는 그때 고작 중학교 2학년에 불과했다. 아직은 엄마의 손길이 필요했고, 엄마에게 상의할 문제도 많은 나이였다. 엄마와 함께 옷을 사러 가는 또래 여자아이를 보면 부럽고, 엄마한테 투정부리는 친구를 보면 미워질 정도로 엄마가 절실했는데 그것을 채워주지 못하고 있었던 것이다.

"요한아 괜찮다. 아빠가 미안할 뿐이지. 그런데 너희가 이해 좀 해줬으면 좋겠구나. 엄마 곁에는 아빠가 있어야 하잖아. 나중에 엄마가 다 나으면 그때 넷이서 많이 놀러 다니자. 아빠가 꼭 약속할게."

언제가 될지 모르지만 언젠가는 우리에게 그런 날이 올 거라고, 나는 나 자신에게 약속하듯 그렇게 아이들에게 말했다. 하지만 집으로 돌아오는 내내 마음이 좋지 않았다.

그 무렵 요한과 레지나가 얼마나 외롭고 서러웠는지는 나중에 듣게 된 두 아이의 이야기를 통해 충분히 알 수 있다. 그때 둘은 이런 대화까지 나눴다고 한다.

"오빠, 혹시 말이야. 우리가 너무 말을 안 들으니까 엄마랑 아빠랑 짜고 우리한테 거짓말 하시는 게 아닐까? 우리 벌주려고 엄마가 아픈 척하는지도 몰라."

"너도 그렇게 생각했니? 나도 그런 생각 했는데, 엄마 아빠가 우릴 벌주고 있는지도 모른다고."

"그게 사실이라면 빨리 좀 끝내셨으면 좋겠다."

레지나라면 몰라도 고등학교 1학년인 요한이마저 이런 말을 했다니, 그 시절 아이들에게 주어진 현실이 얼마나 힘들었으면 그런 생각을 했을까. 가슴 한 구석이 아려왔다. 그러고 보니 레지나 말대로 그때 우리 네 식구는 모두 벌을 받고 있었다. 아내는 아내대로, 나는 나대로, 그리고 아이들은 또 아이들대로 혹독한 벌에 시달려야 했다. 대체 우리가 뭘 잘못하고 살았기에 이런 벌을 받아야 하냐고 물어볼 수는 없었다. 나는 다만, 아이들에게 주어진 벌이 차라리 내게로 모두 넘어오기를 바랄 수밖에 없었다.

레지나의 일기

"레지나야 문단속 잘했니?"

"네. 아빠."

"현관문, 베란다 문, 창문 모두 잘 잠갔지?"

"잘 잠갔어요."

"대문은?"

"대문은 들어오면서 잠갔어요."

"그래, 잘했다. 무슨 일 있으면 전화하고, 걱정하지 말고 푹 자."

"걱정 마세요. 안녕히 주무세요."

한동안 매일 잠들기 전에 레지나와 전화로 이런 대화를 나눴다. 중학교 3학년이 된 레지나는 집에 혼자 남게 되었다. 고등학생이 되면서 먼 통학거리 때문에 힘들어하던 요한이는 결국 2학년 때부터 큰댁에서 학교를 다니기로 결정했기 때문이다. 둘이서 같이 있을 땐 그나마 걱정이 덜 되었는데 레지나 혼자 남게 되니 걱정은 두 배가 되었다. 오빠를 따라 큰댁에 들어가면 학교를 다니기가 어려웠고, 그렇다고 아예 전학을 갈 수 있는 상황도 아니어서 고민만 하고 있으려니 레지나가 먼저 집에서 혼자 지낼 테니 걱정 말라고 했다.

"네가 어떻게 혼자 있어?"

"중학교 3학년이나 됐는데 뭐 어때요. 저 혼자 지낼 수 있어요."

레지나의 당찬 말에도 역시 마음이 놓이지는 않았다. 부모 없이 저희 끼리만 지내게 한 것도 미안한데 오빠마저 떠나고 어린 레지나 혼자 큰 집을 지켜야 한다니, 부모로서 차마 그렇게 하라고 할 수는 없었다. 그 렇다고 마땅한 대안도 없이 안절부절 못하고 있는 사이 요한인 큰댁으로 짐을 옮겼고, 어쩔 수 없이 레지나는 혼자 남게 되었다.

"아빠, 괜찮다니까요."

레지나가 계속 자신 있게 말하자 나도 마음이 조금씩 흔들렸다. 아니 마땅한 대안이 없었다는 게 더 맞는 말일 것이다.

"정말 혼자 있을 수 있겠어?"

"저 힘 세잖아요. 도둑이라도 들면 내 손으로 때려잡을게요."

어렸을 때부터 매사에 자신감이 넘치고 고집도 셌던 레지나는 언제나 오빠를 이기려고 해서 엄마 아빠를 속 썩인 아이였다. 레지나가 네 살 때 한번은 마당에서 남자애처럼 서서 오줌을 누는 광경을 발견하고 깜 짝 놀랐다.

"왜 여자애가 서서 오줌을 눠?"

"저도요, 오빠처럼 서서 오줌 눌 수 있어요. 그거 보여주려고요."

레지나의 대답을 들은 아내와 나는 기가 막혔다. 키울 때는 여자아이가 저렇게 왈패라서 어떡하나 하는 걱정만 했는데, 막상 상황이 이렇게 되고 보니 레지나의 그런 씩씩함이 오히려 고맙게 느껴졌다.

결국 레지나는 혼자 집에 남게 되었다. 한 동네에 오래 살아 주위에 잘 아는 이웃들만 있다고는 해도 여자아이가 혼자 살기에는 역시 무서운 세상이었다. 나는 레지나를 위해 자물쇠를 새로 달고 창문의 걸쇠도 꼼꼼히 손봤다. 그리고 문단속에 관해 매일 귀가 아프도록 잔소리를 해댔다. 아무리 수선을 피우고 신경을 써도 걱정되는 마음은 어쩔 수 없었기에 그럴 때면 기도를 드렸다.

"하느님, 작은 십자가인 요한과 레지나를 지켜주십시오. 큰 십자가는 제가 질 테니 작은 십자가 두 개는 하느님께 맡깁니다. 부디 아이들을 보살펴주십시오."

우리 집 마당에는 온통 자갈이 깔려 있다. 자갈을 밟는 소리도 좋고, 소나기가 쏟아지면 자갈 틈으로 스며드는 그 느낌도 좋아서, 일부러 마당에 자갈을 깔아놓았다. 그런데 자갈은 밟으면 소리가 많이 난다. 만의 하나 도둑이 들어도 자갈 밟는 소리에 미리 눈치를 챌 수 있다는 점은 장점이지만 문제는 도둑고양이가 지나가는 소리에도 도둑으로 오해해 놀랄 수 있다는 것이다. 실제로 담장 위를 지나가던 고양이가 아래로 풀쩍 뛰어내리는 소리가 꼭 사람이 뛰어내리는 소리로 들려 레지나는 자다가 깜짝 놀란 적이 한두 번이 아니라고 했다.

시골이라 밤에 불을 끄고 누우면, 그야말로 적막강산이 되기 때문에 작은 소리에도 깜짝깜짝 놀라기 십상이다. 잠들기 전까지가 제일 무섭다는 레지나를 위해 나는 잠들기 전에 항상 전화를 걸어 걱정하지 말라고 다독이곤 했다. 하지만 그렇게 통화를 끝내고 잠자리에 누우면 캄캄한 집에 혼자 누워 있을 레지나 생각에 나도 쉽게 잠이 오질 않았다.

그해 늦가을에는 좀도둑이 든 적도 있었다. 어느 날 오후에 걸려온 레지나의 전화를 받아보니 누가 집에 들어와 보일러실의 기름을 빼갔다고 했다. 날씨가 슬슬 추워지기 시작해 며칠 전에 보일러 기름을 가득 채워놨는데 호스를 열고 기름을 빼간 바람에 기름이 조금밖에 남아 있지 않았다. 좀도둑이 개도 훔쳐가고 마당에 널어놓은 깨나 콩도 훔쳐간다고 들었는데 기름통에 들어 있는 기름까지 빼가는 도둑도 있었던 모양이다. 그때 이후로 그런 일은 한 번도 없었지만 레지나가 혼자 지내는 1년 동안 나 역시 한 번도 잠을 편히 자본 적이 없었다.

씩씩한 성격이긴 했지만 한창 예민한 나이에 혼자 지내는 생활이 반복되다 보니 레지나 역시 조금씩 우울한 성격으로 변해가고 있었다. 가족들 앞에서는 평소와 다름없이 행동하려 했지만 점점 더 말수도 웃음도 줄어드는 게 느껴졌다. 하지만 나는 입을 닫고 눈조차 맞추지 못하는 아내만 바라보느라 레지나의 그런 변화를 눈치 채지 못하고 있었다. 눈에 띄게 방황을 하거나 나쁜 짓을 저지른 적도 없고 학교에서 부모님을 다녀가라고 한 적도 없었기에 그냥 무던히만 생각했던 것 같다. 레지나가 그때 얼마나 힘들었는지를 알게 된 건 시간이 좀 지나서였다.

어느 날 레지나가 가톨릭 단체에서 모집한 생활 수필 공모전에 낸 수필을 읽게 되었다. '비오는 날의 일기' 라는 제목의 그 수필에는 레지나의 외롭고 힘들었던 중학교 시절이 담담히 적혀 있었다.

그때는 모든 것이 싫었다. 학교도 다니기 싫었고 집에 가는 것도 싫었다. 집에 가면 나를 반겨주는 사람 하나 없었고, 기다리는 건 빨래와 설거지 같은 집안일뿐이었다. 우리 가족이 왜 이렇게 되었을까 생각하면 눈물이 났다. 언제나 유쾌하고 긍정적이며 자신보다 가족을 더 사랑했던 엄마에게 왜 이런 불행이 닥쳤을까? 그런 걸 생각하다 보면 더 화가 나고 모든 일에 의욕이 사라졌다. 열심히 살아간다고 해서 행복하게 되는 건 아니라는 생각이 들었다. 가끔은 수업을 빠지기도 했다. 옆반으로 이동해서 수업을 듣는 시간이면 나는 교실에 남아 잠을 자거나 혼자 생각에 빠졌다. 그러다보니 성적도 그다지 좋지 않았고 고등학교 진학을 고민하는 것도 다 사치인 것처럼 느껴졌다.

그런데 국어 선생님과의 인연이 나에게 다시 힘을 주었다. 선생님은 나를 참 예뻐해주셨다. 시골 학교라 선생님들이 학생들의 집안 사정들을 훤히 알고 계셨고, 그래서 국어 선생님도 우리 가족이 어떤 상황인지 잘 알고 계신 것 같았다. '나도 너처럼 어려운 시절을 보냈다' 는 이야기를 들려주시며 내게 용기를 주셨다. 한번은 아파서 선생님 수업에 못 들어간 적이 있는데 수업은 못 들어도 책상에 책은 올려놓고 가야겠다는 생각이 들어서 책을 올려놓고 병원에 갔더니, 선생님이 그 책에 편지를 끼워놓고 가셨다.

'레지나가 없으니 교실이 참 허전하다. 아프지 말고 힘내.'

그후 선생님과 더 가까워져 메일을 주고받으면서 나는 마음속에서 큰 위로를 받았다.

　점점 그런 생각이 들었다. 엄마와 아빠도 힘들게 견디고 있는데 나만 너무 어린애처럼 굴고 있는 게 아닐까? 내가 아무리 힘들어도 엄마와 아빠만큼 힘들까? 그런 생각을 하니 내 행동이 부끄러워졌다. 힘들고 어려운 일이 있을 때마다 병원에 누워 계신 엄마와 그런 엄마를 간호하는 아빠를 떠올리니 다시 힘이 생겼다. 힘들다고 말도 못하는 아빠를 생각해서라도 열심히 공부하고 좀더 좋은 딸이 되어야겠다는 다짐을 하게 되었다.

　이 글을 읽으면서 그때 레지나를 좀더 따뜻하게 보듬어주지 못한 것을 내내 후회했다. 그러나 레지나는 내가 기대하는 것보다 훨씬 멋진 아이였다. 그건 시간이 지날수록 더 분명해져갔다.

효녀 장금이의 자격증 다섯 개

점심때를 조금 넘겨 레지나가 병실 문을 열고 들어섰다. 마침 아내가 점심식사를 끝낸 뒤라 나는 아내를 일으켜 앉혀놓고 소화가 잘 되도록 운동을 시켜주고 있었다.

"왔니? 점심은 먹었어?"

"먹었어요. 엄마는 좀 어때요?"

"별로 달라진 건 없어."

레지나가 오면 나는 잠시나마 한숨 돌릴 시간을 갖게 되었다. 레지나는 나를 대신해 제 엄마에게 운동을 시켜주고 물리치료실에 따라가고, 산책까지 도맡았다. 세수와 목욕시키기도 내가 하는 것만큼 곧잘 했다. 손이 야무진 레지나는 무슨 일을 해도 깔끔하게 잘해냈기 때문에 레지나에게 아내를 맡겨놓으면 걱정이 없었다. 그렇게 레지나가 아내를 돌보는 동안 나는 좀 쉬기도 하고 다른 볼일을 보기도 했다. 기저귀를 사러 가는 것도 그때나 가능했다. 그러고 난 뒤 레지나와 함께 아내 곁에 앉아 이야기꽃을 피웠다. 물론 말을 하는 건 레지나와 나뿐이었지만 그래도 아내가 대화에 동참하는 것처럼 생각하며 우리는 자잘한 이야기를 나누었다. 간혹 나는 "당신은 어떻게 생각해?" 하고 의견을 묻기도 하고 "그렇지?" 하고 동의를 구하면서 말을 걸었다. 그건 레지나도 마찬가지여서 엄마가 듣지 않아도 학교에서 있었던 일들을 시시콜콜히 전해주었다.

그런데 그날따라 레지나가 별 말이 없었다. 기분이 안 좋은 건 아닌 것 같은데 뭔가 생각에 잠긴 듯 골똘해 보였다.

"엄마랑 산책 갈까?"

"안 추울까요?"

"낮에는 햇살이 있어서 괜찮아. 따뜻하게 입고 나가지 뭐."

환자복 위에 외투를 단단히 챙겨입은 아내를 휠체어에 태우고 밖으로 나갔다. 레지나가 휠체어를 밀고 나는 천천히 뒤따라갔다. 가을이 한창인 병원 뜰을 얼마나 걸었을까, 레지나가 좀 자신없는 목소리로 나를 불렀다.

"아빠……."

"왜?"

어쩐지 좀 전부터 낌새가 이상하다 싶었는데 역시 무슨 할 말이 있었던 모양이었다.

"나 곧 원서 써야 하잖아요."

"그렇지."

"그래서 아빠랑 상의할 게 있어요."

"너 당연히 인문계 고등학교 가는 거 아냐?"

"처음엔 별 생각 없이 인문계 가려고 했는데 생각이 바뀌었어요."

나는 잠자코 다음 말을 기다렸다.

"아빠도 특성화 고등학교라고 들어봤죠? 실업계나 인문계와는 좀 다른데 특정한 목적을 가진 학생들이 가는 곳이에요. 전주 근교에 '한국전통 문화고등학교'라는 곳이 있는데, 나 그 학교에 가고 싶어요."

"거기 가서 뭘 공부하려고?"

"……요리."

"요리?"

나는 잘못 들었나 싶었다. 레지나가 요리에 관심이 많다는 생각은 한 번도 안 해봤기 때문이다.

"지난 2년 동안 혼자 밥도 하고 국도 끓였잖아요. 그래서 요리라면 좀 자신이 있거든요."

그 말을 듣는 순간, 사실 기분이 좋지는 않았다. 요한이도 공부에 취미가 없다며 실업계에 진학했는데 레지나마저 인문계 고등학교를 안 가겠다니 서운할 수밖에 없었다. 역시 부모가 옆에 끼고 앉아 가르쳤어야 했는데 그렇게 하지 못한 게 후회됐다.

실업계나 특성화 고교를 진학한다고 해서 대학에 못 가는 건 결코 아니라는 걸 그땐 잘 알지 못했기에 대학 진학하려면 무조건 인문계 고등학교에 가야 한다고 생각했던 것이다. 게다가 2년 동안 집에서 밥 하고 국 끓인 경험 때문에 요리 공부를 선택했다니 더 속이 상했다. 만약 이런 일이 없었더라면 레지나가 요리를 공부하겠다는 계획을 세웠을까?

아마 생각도 안했을 것이다. 레지나가 그런 선택을 하게 된 데에는 우리의 영향이 컸다. 그러나 한편으로는 레지나가 이 문제를 얼마나 많이 고민했을까 하는 생각이 들었다. 한참 뒤 나는 레지나에게 말했다.

"네가 잘할 수 있는 데로 가. 잘하고 좋아하면 그걸로 된 거지 뭐."

마음 한쪽은 섭섭하고 서운했지만 나는 그렇게 결론을 맺었다. 요한이도 레지나도 정말 하고 싶은 것을 찾아 꿈을 키우고 있는지도 모르는데 내 욕심만으로 그것을 꺾어서는 안 된다는 생각이 들었던 것이다. 약간 기죽은 얼굴로 걸어가던 레지나는 내 말에 다시 얼굴이 환해졌다.

"아빠, 잘할게요. 걱정 마세요."

"그래, 한번 믿어볼게."

봄이 오자 레지나는 집을 떠났다. 학교는 그리 멀지 않았지만 전교생이 기숙사 생활을 해야 했다. 레지나가 들어간 반은 인원이 열일곱 명이었다. 들어올 땐 스무 명이었는데 세 명은 일주일 만에 다른 학교로 전학을 가버렸다고 한다. 특성화 고교라 자유로울 거라 생각했다가 예상 외로 엄격한 수업 일정에 놀라 일찌감치 학교를 옮기는 아이들이 많았다.

레지나는 학교에 잘 적응하는 것 같았다. 입학한 지 한 달도 채 안 돼 조리사 시험공부를 시작했다. 한 반 전체가 조리사 필기시험에 응시해 딱 네 명이 합격했는데 레지나도 그 중에 속해 있었다. 레지나 말로는 연습 삼아 본 시험이라 별 기대도 안 했는데 운이 좋아서 붙었다고 했다. 일단 필기시험에 합격하자 레지나는 바로 실기시험 준비에 들어갔다. 네 명이 시험을 보는데 만약 자기만 떨어지면 얼마나 부끄러울까 하는 심정으로 연습한다고 말은 했지만, 내가 보기엔 보통 열심이 아니었다.

너무 무리한 탓인지 실기시험을 며칠 앞두고 레지나는 그만 감기에 걸리고 말았다. 약도 먹고 주사도 맞았지만 감기는 쉽게 낫지 않아 결국 아픈 몸을 이끌고 시험장으로 향했다. 그런데 설상가상으로 시험 과제가 '콩나물밥'이었다. 밥은 냄새를 잘 맡는 게 가장 중요한데 감기에 걸려 코가 막혔으니 운이 없어도 정말 심하게 없었던 셈이다. 그렇게 악조건에서 치른 시험이라 별 기대를 안 했는데, 얼마 뒤 레지나는 합격 소식을 가지고 당당히 나타났다.

"아빠 나 한식 조리사 자격증 땄어요."

"야, 그 자격증 정말 따기 쉬운가 보다. 네가 나 딴 길 보니."

내 농담에 반격을 할 줄 알았던 레지나는 오히려 순순히 시인을 한다.

"맞아요. 정말 따기 쉬웠어요. 사실 공부도 안 하고 컨디션도 안 좋았는데 합격했지 뭐예요."

그렇게 말하고 가더니 얼마 뒤 양식 조리사 자격증도 들고 나타났다. 이번엔 한식이 붙었으니 양식이나 한번 따볼까 하는 심정으로 시험에 임했다고 한다. 크림소스로 만드는 가자미 생선요리가 시험 과제로 나왔는데 손놀림이 야무진 레지나는 그것도 무사히 잘해내고 합격증을 받아왔던 것이다. 2학년이 끝나가던 학년말에는 칵테일 자격증을 따왔다. 칵테일은 한 번 패배의 쓴맛을 보고 딴 것이라고 했다. 3학년 때는 중식과 제빵 조리사 시험에 합격했다. 중식 자격증은 두 번이나 떨어지고 세 번째에야 어렵게 거머쥐었고, 제빵 실기시험엔 마음을 비우고 붙으면 기적이란 생각으로 임했는데 그 기적을 몸소 체험하게 되었다. 레지나가 마지막으로 딴 자격증은 궁중요리 자격증이었다. 궁중요리까지 땄다는 소식을 듣곤 그만 입이 딱 벌어졌다.

레지나는 고등학교를 졸업하기도 전에 다섯 개의 자격증을 가진 요리사가 되었다. 자격증뿐만 아니라 다도경연대회 최우수상에 이르기까지 수많은 상장을 재산처럼 갖게 되었다. 요리를 한번 해보겠다고 했을 때만 해도 속으론 공부가 하기 싫어 차선책으로 택한 것일 거라고 생각한 게 사실이다. 그런데 레지나가 자격증을 따가는 과정을 3년 동안 지켜보면서 나는 레지나 속에 숨어 있는 열정과 끈기를 발견했다. 제 말로는 모두 운이 좋아서 쉽게 딴 거라고 하지만 결코 그렇지 않았다. 말은 안 해도 저 나름대로 많은 노력이 필요했을 것이다.

다섯 개의 조리사 자격증을 모두 따는 것도 힘들지만 고등학생이 재학 중에 따는 것은 더 힘든 일이었다. 그것을 3년 만에 해낸 레지나의 악착같은 성실함과 요리에 대한 남다른 애정은 레지나에게 새로운 별명 하나를 안겨주었다. 마침 인기리에 방영된 드라마의 영향을 받아 레지나는 학교에서 '장금이'로 통하기 시작했다. 그리고 엄마가 병원에 계신 상황이 사람들에게 알려지면서부터는 '효녀 장금이'로 불리게 되었다. 사람들 눈에도 레지나가 대견했겠지만 내게는 열 배 스무 배 더 대견했다.

중학교 3학년 때는 아무도 없는 집에서 1년 동안 혼자 생활해 우리를 놀라게 했던 레지나가 고등학생이 된 뒤에는 다섯 개의 자격증을 혼자 힘으로 따내 또 한 번 우리를 감동시켰다. 엄마가 곁에 없는 상황에서도 내색하지 않고 그렇게 많은 일을 해낸 레지나가 말할 수 없이 기특하고 자랑스러웠다. 효녀 장금이, 효녀 레지나의 자격증 다섯 개는 아내와 내게 그 무엇과도 바꿀 수 없는 크나큰 선물이 되었다.

아빠는 저 못 때리시잖아요

어릴 때 말썽쟁이였던 요한이는 자랄수록 오히려 '순둥이'가 되어갔다. 집안에 엄마 아빠가 항상 버티고 있어도 그 나이가 되면 한 번쯤 말썽을 피우기 마련이다. 친구들과 어울려 다니며 술 마시고 담배 피우고, 심하면 패싸움에 말려들어 속을 썩이는 아이들도 많았다. 그러나 요한이는 그런 짓은 전혀 하지 않았다. 저희끼리만 있다고 해서 친구들을 불러와 시끄럽게 노는 일도 없었고 늦게까지 집에 안 들어오고 시내를 헤매는 일도 없었다.

물론 요한이의 바른생활 이면에는 나의 철저한 감시도 한몫을 했다. 병원에서 지내게 되면서 가장 먼저 한 일은 아이들에게 핸드폰을 사준 일이다. 처음에는 아이들과 좀더 긴밀한 연락을 주고받기 위한 목적으로 핸드폰을 사주었는데 시간이 지날수록 그것은 아이들 관리용으로 바뀌어버렸다.

　나는 저녁에 아이들이 돌아올 시간이 되면 일단 집으로 전화를 걸었다. 수업이 4시 30분쯤 끝나기 때문에 5시 50분 차는 충분히 탈 수 있고 그 차를 타면 6시 40분에 다리목에 도착하게 된다. 그런데 7시가 넘어도 집 전화를 받지 않으면 분명 어디선가 놀고 있다는 의미였다. 친구들과 늦도록 놀고 싶은 그 마음이야 나도 왜 모르겠는가? 내가 다른 아버지들보다 철저하게 요한이에게 간섭했던 건 요한이를 믿지 못해서가 아니었다. 하루에 한 번이라도 얼굴을 볼 수 있는 아버지라면 그렇게 얼굴을 본다는 것만으로 아이의 행동에 영향을 미칠 수 있었다. 하지만 나는 병원에서 내내 생활해야 했다. 그런데 나의 간섭조차 없다면 요한이는 아마 주체할 수 없는 자유로움을 조절하기가 힘들었을 것이다.

　그 나이 때는 수많은 유혹에 노출되어 있기 때문에 일부러 나쁘게 살려고 마음먹지 않아도 나쁜 일에 휘말리거나 빠져들기 십상이었다. 다행히 요한이는 그런 나의 마음을 잘 이해해주었다. 아주 가끔은 "아버지가 핸드폰을 사주신 이후로 조정당하는 기분이에요" 하고 투덜거리기도 했지만 내가 걱정하는 것을 알기에 요한이는 오락실에서 놀다가도 시간이 되면 5시 50분 차를 타기 위해 열심히 달렸다.

　고등학교 3학년 때는 여름방학을 맞아 친구들과 놀러가고 싶다고 어렵게 청을 했는데도 불구하고 내가 일언지하에 안 된다고 못을 박았다.

　"고등학생 남자아이들이 뭉쳐서 놀러간다는 건 화약심지에 불을 붙이는 것과 같은 거야. 몰려 다니면 사고나기 쉽기 때문에 안 돼."

　그때 요한인 어지간히 여행을 가고 싶었던 모양이다. 내가 안 된다고 하니 큰 엄마까지 동원해서 대신 말 좀 해달라고 청을 넣었을 정도였다. 그래도 내 생각엔 변함이 없었다. 결국 요한이가 포기할 수밖에 없었다.

그렇게 착한 아이였지만 딱 두 번 나를 크게 실망시킨 적이 있었다. 첫 번째는 고등학교 3학년 때의 일이다. 학교에서 부모님을 모셔오라는 전갈이 왔다. 무슨 일이냐고 물어봤더니 교실 유리창을 깼단다. 놀란 마음에 달려가 보니, 대학 원서 쓰는 것 때문에 화가 나 그만 주먹으로 유리창을 쳤다고 한다. 자초지정을 들어보니 자기가 가고 싶은 학교가 있는데 선생님이 계속 그 학교는 안 된다고 말리셨다고 한다. 말리는 것까진 좋은데 네 실력으론 여기밖에 못 간다는 말로 계속 상처를 준 모양이었다. 원하는 학교에 갈 수 없는 처지에 화도 나고 실력이 그것밖에 안 되는 자신도 싫어져 울컥하는 마음에 그만 그런 행동을 저질렀다는 것이다.

속도 상하고 요한이에게 화도 났지만 나는 그 마음을 지그시 눌러 담았다. 이미 혼이 많이 났는지 요한이도 기가 죽은 채 고개만 숙이고 있었다. 나는 요한이를 대신해 학교 측에 백배 사죄하고 유리창 값을 물은 뒤에 요한이를 큰댁에 데려다주었다. 하고 싶은 말은 많았지만 아무 말도 하지 않았다. 평소에 그렇게 화를 내는 아이도 아닌데 그런 짓을 한 걸 보면 어지간히 속이 끓어올랐구나 싶었다. 물론 그건 명백히 요한이의 잘못이었지만 아이의 속사정도 잘 모른 채 무조건 화를 내고 책망한다면 요한인 그 설움과 울분이 더해질 것이다.

따끔하게 혼낼 필요도 있었지만 이미 제 잘못을 충분히 깨닫고 있는 아이에게 아버지마저 그럴 필요는 없을 것 같았다. 나는 그냥 아이를 믿어주는 쪽을 택했다. 꾸중을 들을거라 예상하고 있던 요한인 내가 아무 말이 없자 오히려 더 기가 죽어 있었다. 나는 아이를 데려다주고 아무 말 않고 병원으로 돌아갔다. 며칠 뒤 집에 가보니 편지 한 통이 와 있었다. 요한이가 내게 보낸 편지였다.

"아버지 저 때문에 학교까지 오시게 해서 죄송해요. 실망시켜드려 정말 죄송해요." 편지에는 온통 '죄송해요' 일색이었다. 이를테면 요한이가 내게 쓴 일종의 반성문인 셈이었다. 그 편지를 읽으니 내가 아들을 잘못 키우진 않았구나 하는 생각이 들었다. 그리고 그때 크게 꾸중하지 않고 말없이 돌아온 것이 아무리 생각해도 잘한 일이구나 싶었다.

두 번째로 요한이가 나를 실망시킨 건 대학교 1학년 때의 일이다. 그때 요한인 한창 재밌는 대학생활을 만끽하고 있었다. 고등학교 시절엔 동생과 살거나 큰집에서 살며 나름대로 안정된 생활을 못 했지만 대학생이 되어서는 기숙사에서 지내는 생활이 더 자유롭고 편한 것 같았다. 여자친구도 사귀고 아르바이트도 하면서 즐겁게 지내는 걸 보는 내 맘도 좋았다. 군대 가기 전에 좋은 추억 많이 쌓고 갔으면 하는 바람뿐이었다.

1학년 첫 여름방학 때 요한이가 여자친구를 만나러 수원에 좀 다녀와야겠다는 말을 했다. 여자친구의 집이 수원이라 방학을 한 뒤 집에 가버렸는데 보고 싶어 못 참겠다는 것이었다. 오죽 보고 싶으면 저러나 싶어 다녀오라고 허락했다. 그런데 갈 때는 다음날 바로 내려오겠다고 약속을 하고 갔는데 사흘이 지나도 돌아오질 않았다. 걱정이 되어 전화를 해보니 전화기마저 꺼져 있었다. 처음엔 전화기가 고장 났거나 배터리가 떨어져 전화를 못 받는가 보다 하고 넘어갔다. 그러나 다시 며칠이 지나자 걱정은 둘째 치고 슬슬 화가 나기 시작했다. 분명 내가 걱정하고 있을 줄 알면서 전화를 안 한다는 사실에 더 화가 났다. 어느새 일주일이 지나고 보름이 지나갔지만 요한이로부터 연락은 없었다.

열흘이 지났을 때 나는 레지나에게 수소문할 만한 친구들 전화번호를 물어보았다. 마침 레지나가 요한이 여자친구의 전화번호를 알고 있었다. 메모를 해놓고도 막상 전화걸 엄두가 안 나 며칠을 더 기다려보았다. 마침내 보름이 지났을 때 나는 그 전화번호로 전화를 걸어 요한이와 통화를 할 수 있었다.

"너 오늘이 며칠인지 알아? 너 갈 때 어떻게 약속했어? 너 지금 뭐하는 거야?"

내가 생각해도 요한이에게 그렇게 심하게 화를 낸 건 그때가 처음이자 마지막이었던 것 같다. 요한인 내가 고함을 지르자 아무 말도 못했다.

"거기가 지금 어디든 간에 무조건 지금부터 세 시간 안에 병원으로 와. 세 시간 안에 못 오면 너하고 나하고는 끝이야."

그렇게 말하고 전화를 소리나게 끊어버렸다. 그러고도 분이 풀리지 않았다. 병원에서 걱정하고 있을 엄마 아빠 생각은 않고 그저 제 여자친구만 생각하다니, 아무리 생각해도 분해서 참을 수가 없었다. 내가 전화를 끊자마자 부리나케 달려나왔는지 요한이는 그날밤에 병원에 도착했다. 하지만 세 시간 안에 도착하라는 나의 명령은 지키지 못했다.

화가 많이 났었지만 막상 얼굴을 보니 마음이 누그러지는 걸 어쩔 수 없었다. 그때 마침 여동생이 병원에 와 있었다.

"너 오면 한 대 때리려고 했는데 고모가 있어서 참는 줄 알아."

그날은 그렇게 넘어갔다. 그런데 그 일이 있고 한참 뒤, 요한이가 그런 말을 했다.

"그때 아빠, 고모 때문에 안 때린다고 하셨는데 그거 거짓말인 거 다 알아요. 아빠는 저 못 때리시잖아요. 엄마 아픈 뒤로는 한 번도 때리신 적 없잖아요."

그 말을 듣고 움찔했다. 요한이 말이 맞았다. 아내가 다친 후로는 아무리 잘못해도 아이를 때리기는커녕 야단조차 제대로 치지 못했다. 아이들이 안쓰럽고 아이들에게 미안했기 때문이다.

아내가 아프지 않았더라면, 요한이가 술 먹고 늦게 들어오기라도 하면 등짝을 때리면서 "나이 좀 먹었다고 술 먹고 다녀? 이놈아!" 하고 야단이라도 쳤을 것이다. 그렇게 야단쳤다가도 다음날 아침이 되면 해장국을 끓여놓고 밥 한 술 뜨고 가라고 깨웠을 것이다.

가끔 요한이가 아내에게 물어보곤 한다.

"엄마, 나 밥 언제 해줄 거야?"

"밥? 지금 해줄게."

천진난만하게 대답하는 아내의 모습. 그런 말을 들을 때면 요한이와 나는 슬그머니 웃는다. 어쩌면 요한이는 엄마에게 야단맞을 그날만을 기다리고 있는지도 모른다.

우리 모두를 울게 한 레지나의 눈물

"아빠, 저 〈사과나무〉에 나가게 됐어요."

"사과나무? 사과나무가 뭐니?"

"mbc TV 프로그램인데요. 그 프로에 매주 학생 한 명씩을 뽑아서 장학금을 주는 '사과나무 장학생'이란 코너가 있대요. 제가 그 장학금을 받게 된대요."

"그럼 네가 장학생으로 뽑혔다는 거야?"

"네. 장학생으로 뽑혀서 텔레비전에 나간다고요."

"아니 거기서 너를 어떻게 알고?"

"우리 학교 학과장님이 추천하셨대요."

레지나가 가방을 내려놓기도 전에 들뜬 목소리로 전해준 소식이었다.

"어떻게 그런 일이 다 있니? 사과나무라고?"

가만히 생각해보니 한 번쯤 본 것도 같은 프로그램이었다. 레지나는 무슨 영문인지 몰라 가만히 보고만 있는 제 엄마에게 설명을 한다.

"엄마, 나 텔레비전에 나갈지 모른다고, 아빠랑 그런 얘기 하고 있는 거야."

"나도 나가?"

"엄마도 나가지. 엄마, 텔레비전에 나가고 싶어?"

"너 나가면 나도 나가지 뭐."

아내도 기분이 좋은 모양이었다.

딸이 세상에 인정받고 칭찬받는다고 하니 부모 된 심정으로 기분이 좋지 않을 수 없었다.

그렇게 갑자기 찾아온 인연으로 레지나는 물론 아내와 나까지 텔레비전에 출연하게 되었다.

수십 명이나 되는 촬영 스태프들은 먼저 레지나의 학교에서 레지나가 수업을 듣고 요리를 만드는 모습을 촬영한 뒤 병원으로 찾아와 아내와 내가 생활하는 모습을 찍었다. 물리치료는 물론이고 얼굴 씻기는 장면 까지 모조리 카메라에 담은 뒤에 우리 부부는 집으로 향했다. 집에 도착 해보니 레지나가 우리를 위한 저녁상을 차려놓고 기다리고 있었다.

그날 레지나가 차린 음식은 구절판과 신선로였다. 장금이처럼 궁중요 리를 차려낸 것이다. 레지나가 밀전병에 이것저것 싸서 제일 먼저 아내 의 입에 넣어주었다. 아내가 뭔가 말을 하려고 하기에 '맛있어' 할 줄 알았더니 아내는 나를 가리키며 "아빠는" 했다. 왜 아빠는 안 주고 자기 만 주냐는 말이었다. 거기 있던 사람들이 모두 웃었다. 언제든 남편부터 챙기는 건 카메라 앞이라고 다르지 않았다.

기분이 좋아진 아내는 그날 노래도 불렀다. '꽃피는 유달산아…… 꽃을 파는 아낙네야…….' 카메라가 돌아가고 조명도 켜져 있고 우리를 둘러싼 사람들도 많았지만 레지나가 차린 저녁상에 둘러앉아 있는 순간, 꼭 옛날로 돌아온 것 같은 기분이 들었다. 군대 있는 요한이가 그 자리에 빠진 것만이 섭섭했을 뿐이다.

드디어 방송 날이 되었다. 나는 일찌감치 채널을 고정시켜놓고 떨리는 가슴으로 방송을 기다렸다. 그런데 막상 방송을 보면서는 흐르는 눈물을 주체할 수 없었다. 그건 흐뭇해서만은 아니었다. 방송을 보면서 촬영할 땐 미처 보지 못한 레지나의 인터뷰를 보게 되었기 때문이다. 그 인터뷰에서 레지나는 내가 우는 것을 처음 본 날을 이야기하고 있었다.

"아빠가 저를 배웅하러 나오셨는데요. 택시 잡아주신다고 나오시면서 저랑 막 장난을 치고 그랬거든요. 그런데 아빠가 어느 순간 저를 붙잡고는 '딸아, 아빠 너무 힘들다.' 이러시는 거예요. 그 말을 하는 아빠 얼굴을 보니까 아빠가 울고 계셨어요. 저는 아빠는 안 우는 사람인 줄 알았거든요. 그런데 얼마나 힘들면 저런 말을 하셨을까……."

레지나는 말을 끝까지 잇지 못했다. 아이의 얼굴에서 끊임없이 흘러내리는 눈물을 보면서 나도 울지 않을 수 없었다. 내가 우는 걸 보고 얼마나 마음이 아팠으면 저렇게 잊지 못하고 있었을까 싶었다. 그리고 그 순간, 아직 어린 레지나에게 약한 모습을 보인 것이 너무나 후회되었다.

씩씩하고 강한 아빠만 보다가 아빠의 눈물에 마음이 아팠듯 나 역시 늘 웃는 레지나만 보다가 레지나의 눈물에 마음이 무너져내리는 것 같았다. 방송이 나간 그날, 요한이도 군대에서 텔레비전을 보며 아마 눈시울을 적셨을 것이다. 그날 울지 않은 사람은 오직 아내뿐이었다.

사과나무 방송 이후 레지나는 유명해졌다. 방송 홈페이지 게시판에는 격려글이 쇄도했고 각종 인터넷에 사연이 떴다. 여기저기 신문에서 인터뷰 요청이 들어왔고 전화가 너무 많이 와 다른 일을 볼 수 없을 정도였다. 텔레비전 프로그램의 여파가 이렇게 크다는 사실을 그때 처음 알았다.

그러던 중 하루는 전주대에서 연락이 왔다. 방송을 보고 실력 좋은 학생을 유치하고 싶어 연락을 했다는 것이다. 학교에서는 레지나에게 4년 동안의 장학금과 기숙사비 무료, 그리고 최고의 요리 전문학교 실습 등을 조건으로 입학을 권유했다. 당시 우리 형편에선 너무나 고마운 제안이었다. 요한이가 입대해 그나마 나았지만 그래도 레지나의 학비가 부담스러운 건 사실이었다. 그런 상황에서 4년간 장학금을 받게 되었으니 내겐 그것만큼 고마운 일이 없었다.

지난 3년 동안, 아니 중학교 1학년 때부터 무려 6년간 제대로 돌봐주지도 못했는데 제 힘으로 미래를 열어가는 레지나의 모습이 한없이 대견스러웠다. 고맙다는 말밖에는 할 말이 없었다.

아빠 같은 사람 아니면 결혼 안 할 거야

아내가 나를 소리 높여 부른다. 언제부턴가 아내는 나를 남편이라고 부르기 시작해 걸핏하면 크게 '남편' 하고 불러댔다.

"남편 여깄어. 왜?"

"요한이 어딨어?"

"요한이 군대 있지."

"요한이가 왜 군대 있어?"

"군인이니까 군대 있지. 요한이 입대했잖아."

"아 그랬어? 몰랐네. 그럼 레지나는 어딨어?"

"레지나는 학교에 있지."

"맞다. 학교 갔지."

매일 반복되는 대화라 그리 놀랄 것도 없지만, 아내가 매일 아이들을 찾는다는 사실만은 아무리 생각해도 참 놀랍다. 모든 것을 잊어버려도 자신이 어머니라는 그 강한 모성만은 잊어버리지 않는 모양이었다. 그래서 요한이가 군대에 있고 레지나가 학교에 갔다는 사실을 하루에 몇 번씩 반복하는 일도 늘 즐겁기만 하다. 그러다 아이들이 오면 또 '너 어디 갔다 왔어?' 하고 물을 테지만 말이다.

아내가 그렇게 아이들 이야길 꺼내면 나도 슬그머니 아이들 생각이 났다. 요한이는 고생 않고 잘 지내는지, 레지나는 옷은 잘 챙겨 입고 다니는지 덩달아 궁금해졌다.

하루는 주말에 집에 잠깐 들렀더니 레지나의 얼굴이 어두웠다. 무슨 일 있냐고 물어보니 아무 일도 없단다.

"그럼 왜 그렇게 표정이 안 좋아? 웃고 살아야 얼굴도 예뻐져."

내가 웃으면서 그렇게 말하자 레지나 눈에 눈물이 그렁그렁해졌다. 나는 정말 무슨 일이 있나 싶어서 가슴이 철렁했다. 그러더니 레지나가 입을 열었다.

"우리만 웃고 살면 뭐 해요. 아빠도 웃고 살아야지."

"아빠는 맨날 웃고 살잖아. 엄마랑 같이 놀면 얼마나 웃을 일이 많은데."

내가 말을 끝내자마자 레지나가 안방으로 들어가더니 경대 서랍을 열어 뭔가를 꺼내 들고 왔다. 그러고는 내 앞에 불쑥 내밀면서 말했다.

"이거 다 봤어요."

레지나가 내밀고 있는 건 얼마 전에 병원에서 받은 건강 검사 결과가 적힌 검진표였다.

"간 수치도 위험하고 혈압도 높다면서요?"

"내 나이 되면 다 그렇게 나오는 거야."

걱정하지 말라며 그렇게 말했지만 레지나는 믿지 않는 얼굴이었다. 사실 얼마 전까지만 해도 내 건강은 최악을 달리고 있었다. 매일 새우잠을 자고 그나마도 중간에 몇 번이나 깨는데다 끼니도 제대로 챙겨먹지 못하니 건강이 좋을 리 없었다. 부인이 건강식을 열심히 챙겨줘도 병이 찾아오기 쉬운 40대에 환자를 간병하느라 7년 동안 병원에 갇혀 있었으니 건강하다면 그게 이상한 일인지도 모른다. 그나마 아내가 깨어나고 상태가 많이 좋아지면서 나도 덩달아 조금씩 건강해지는 걸 느꼈다. 아내와 하루에 몇 번이라도 눈을 맞추며 이야기하고, 밥도 같이 먹고, 잘 때도 무슨 일이 일어날까 바짝 긴장하지 않아도 되니 몸이 저절로 편해져 살이 오르는 것 같았다. 그러나 아이들이 보기에 나는 여전히 딱한 사람이었던 모양이다.

"엄마도 불쌍하지만 아빠도 불쌍해요."

아이들은 걸핏하면 그런 말을 했다.

"아빠가 뭐가 불쌍해. 아내 있지. 너희 있지. 뭐가 불쌍해."

내가 그렇게 받아쳐도 아이들의 생각은 언제나 '아빠는 불쌍한 사람'이었다.

레지나가 일하던 가게에서 아르바이트비를 받았다며 넥타이를 사들고 온 적이 있다. 중학교 1학년에 불과하던 그 어린 것이 벌써 이렇게 커서 아빠에게 넥타이까지 선물해주는구나 생각하니 온갖 생각이 다 들었다. 아무것도 해준 것 없이 저 혼자 큰 것 같은데, 저렇게 잘 자라준 것이 한없이 고마웠다.

"이런 건 아빠한테 선물하지 말고 나중에 남자친구한테 선물해야지."

고마운 마음에 일부러 그렇게 말했더니 레지나가 대뜸 하는 말이 "나는 아빠 같은 사람 아니면 결혼 안할 거야"였다.

"무슨 소리야. 아빠보다 훨씬 좋은 사람이랑 결혼해야지."

말은 그렇게 했지만 기분은 나쁘지 않았다. 아이들 눈에 그래도 좋은 남편으로 비치고 있다는 것이 감사한 일이기도 했다. 아이들에게 나쁜 아빠로 남는 게 아닐까 걱정했는데, 아이들은 그런 생각은 않고, 그저 엄마에게 좋은 남편으로, 그렇게 좋은 쪽으로 생각해주고 있었다.

그런데 사실 내가 좋은 남편의 역할을 흉내나마 낼 수 있게 된 것은 모두 아이들 덕분이다. 요한이와 레지나가 내 말을 잘 따라주고 저희끼리 도와가며 열심히 살았기 때문에 나도 병원에서 아내 곁에 있을 수 있었다. 아이들이 도와주지 않았더라면 나는 남편 노릇도 아빠 노릇도 제대로 못했을 것이다. 요즘은 밤에 잠자리에 들기 전에 이런 기도를 드린다.

'하느님 제가 잘 돌보지 못한 두 아이들, 두 개의 작은 십자가를 돌봐주셔서 감사합니다. 하느님이 돌봐주시지 않았다면 아이들이 오늘까지 저렇게 착하게 크지 못했을 겁니다. 아무것도 해주지 못한 저를 대신해 저렇게 잘 키워주셔서 정말 감사합니다.'

6장

기적은 천천히 온다

4년긴의 침묵에서 깨어난 이후, 아내가 갑자기 좋아진 적은 한 번도 없었던 것 같다.
'사랑'에서 '사랑해'로 한 글자 더 말하는 데 일주일이 걸렸고,
유금옥 세 글자를 제대로 쓰기 위해서도 몇 달이 걸렸다.
하지만 아내는 분명히 변하고 있고 나는 이것을 기꺼이 기적이라 부르고 싶다.

다시 시작하는 마음으로

아내가 회복된 지 1년쯤 지났을 때 우리는 병원을 옮기기로 결정
했다. 이제 더 이상 수술을 통한 회복은 기대할 수 없으니 한방 치료를
시도해보기로 한 것이다. 이유를 하나 더 달자면 이제는 아내가 심각한
중환자가 아닌데 늘 병실이 부족한 대학 병원의 침대 하나를 차지하고
있는 것이 병원 측에 미안했기 때문이다. 그것은 유례없이 긴 세월 동안
아내를 맡아준 병원에 우리가 할 수 있는 유일한 성의표시이기도 했다.
고민 끝에 전북대 병원에서 그리 멀지 않은 우석대 한방병원을 아내의
새로운 병원으로 결정했다.

2004년 초여름 무렵, 아내는 정들었던 전북대학 병원을 떠나 우석대
한방병원의 6층 병실에 자리를 잡았다.

아내의 몸이 안정을 찾고 고열이나 경기 같은 갑작스런 상태를 걱정

할 일도 없어지면서 그것만으로도 마음이 조금 자유로워지는 걸 느낄 수 있었다. 그런데 그때부터 슬슬 새로운 걱정이 찾아들었다. 이제는 죽느냐 사느냐의 문제가 아니라 어떻게 빨리 회복하느냐의 문제로 접어들게 되었으니, 그야말로 장기전으로 돌입해야 할 때가 온 것이었다.

아내의 재활치료가 계속되기 위해 가장 필요한 것은 역시 돈이었다. 그동안 아내와 내가 페인트 칠을 해서 번 돈은 이미 다 바닥난 지 오래됐고 여기저기 신용대출을 받아 빌린 돈은 이자가 눈덩이처럼 불어나고 있었다. 더 이상 경제적인 문제를 미루고 있을 수만은 없었다.

그 생각은 아내가 깨어난 직후인 2003년부터 이미 시작했고 사실 그 이후부터 나 나름대로 작게나마 준비해온 것도 있었다.

밑천이 하나도 없으니 어느 정도 자금이 필요한 사업을 한다는 건 생각할 수도 없었다. 그렇다고 어디 취직을 하는 것도 쉽지 않았다. 아무리 생각해도 지금 내가 할 수 있는 건 일단 자격증을 확보하는 일 같았다. 자격증을 따고 그 자격으로 할 수 있는 일을 찾는 것이 가장 최선의 방법인 것 같았다. 무엇보다 6년 만에 새 일을 시작하려니 세상이 인정해주는 자격증이 하나쯤 필요하겠다는 생각부터 들었다. 궁리 끝에 일단 자격증에 관련된 책부터 사다가 틈틈이 공부를 시작했다.

맨 처음에 딴 자격증은 간병사 자격증이다. 병원에서 아내를 간병하고 있다보니 느는 것은 오로지 간병 기술뿐이었고, 4년 내내 사람들에게 가장 많이 들었던 말도 "어쩜 그렇게 환자를 잘 돌보냐"는 칭찬이었기에 그것은 그때 내 상황에서 가장 쉽게 취득할 수 있는 자격증이기도 했다.

전북대 평생교육원에서 실시하는 간병사 프로그램이 있었는데, 6개월간 일주일에 두 시간씩 강의를 듣고 시험을 봐야 했다. 시간이 여의치 않았지만 간병인을 써서 그 시간을 빼 강의를 들으러 갔다. 마지막 코스가 실습이었는데 교육원 측에서 아내의 간병을 하고 간호사에게 실습 확인도장을 받아오는 걸로 대체해주었다. 냉정하게 보자면 다른 환자를 간병하고 실습 확인도장을 받아야 하지만, 고맙게도 교육원 측에서 내게 배려를 해준 것이다. 그것은 실습이 필요 없을 만큼 이미 이력이 붙어 있다는 것을 교육원 측에서 이미 알고 있다는 의미이기도 했다.

남들보다는 쉽게 딴 자격증이지만, 그렇게 첫 자격증을 얻고 나니 나름대로 자신감이 많이 생겼다. 그동안 세상과 조금은 거리를 두고 지내왔던 탓인지 그 작은 자격증 하나만으로도 세상과의 작은 연결고리를 얻은 기분이 들기도 했다.

간병사 자격증을 딴 뒤에 장례사 자격증, 그 다음엔 공인중개사 자격증을 따기로 마음을 먹고 공부에 박차를 가했다. 낮엔 여유가 없어 아내가 잠든 늦은 밤에 작은 스탠드를 켜놓고 공부를 했다. 그렇게 공부하다가 아내의 기저귀를 갈아주고 또 공부하다가 아내의 베개를 바꿔주다 보면 어느새 자정이 훌쩍 넘기 일쑤였다.

그때 레지나도 한창 조리사 자격증 시험에 열을 올리고 있던 때라 우리는 서로를 격려하면서 열심히 공부했다. 기회가 주어졌을 때, 마음을 먹었을 때, 바로 그때 하지 않으면 기회도 마음도 쉽게 놓치고 만다는 사실을 뒤늦게 깨달을 수 있었던 것 같다.

그렇게 자격증 준비를 하고 있었지만 그렇다고 세상에 나갈 마음의 준비가 끝난 것은 아니었다. 어디서 어떻게 시작해야 할지, 또 언제 시작해야 할지 아무런 계획도 세워지지 않았고 무엇보다 아내를 두고 나만 세상으로 나가도 되는지, 그것조차 자신이 없었다.

그렇게 몇 달 자격증과 씨름하고 있던 중에 예상치 못한 기회가 나를 찾아왔다. 그것도 참 재밌는 인연으로.

추석을 코앞에 둔 어느 가을날 오후, 아내가 목욕을 끝내고 자리로 돌아왔다. 보통 몸이 아프면 씻는 것도 귀찮기 마련인데 아내는 샤워하는 걸 참 좋아했다. 씻고 나면 기분도 상쾌해지지만 거울에 비치는 자신의 모습이 깔끔해 보이는 것이 좋은 모양이었다. 거기다 샤워를 끝내고 나면 내가 항상 '예쁘다'고 칭찬해주는 것도 한몫을 하는 것 같았다. 아내에게는 예쁘다는 칭찬이면 그보다 더 좋은 게 없었기 때문이다. 그날도 기분이 한껏 좋아진 아내를 침대에 앉힌 다음 아내의 얼굴에 스킨과 로션, 그리고 영양크림을 바르기 시작했다.

"자, 이제 보디로션 바르자. 날씨가 추워져서 안 바르면 종아리 트겠다."

보디로션을 꺼내 아내의 팔 다리에 조금씩 발라준 다음에 손바닥으로 싹싹 문질러주면 아내는 간지럽다고 키득키득 웃는다.

"자, 이제 다 했다. 이렇게 바르니까 우리 요한 엄마가 훨씬 더 이쁘네. 자, 거울 보여줄게."

거울을 들고 얼굴을 비쳐주면 아내는 한참 들여다본다. 처음엔 낯설어 하고 보기 싫다고 하던 얼굴인데 내가 하도 예쁘다고 하니 이젠 자기 얼굴이 세상에서 제일 예쁜 줄 안다. 그런데 그날은 어쩐지 표정이 썩

좋지 않았다.

"왜 그래? 크림 더 발라줘?"

"아니."

"그럼?"

"베니 발라줘."

그렇게 말하며 아내는 손가락으로 입을 가리켰다. 뭔가 빠졌다는 생각이 들었던 모양이다. 아내 입에서 처음으로 '베니'라는 말을 들은 건 반가웠지만 마침 그때 우리에겐 아내가 찾는 베니가 없었다.

"베니 없는데?"

"베니 발라줘."

"내가 내일 밖에 나가서 사올게. 지금은 없어."

"베니 발라줘."

아내는 막무가내였다. 할 수 없이 밖에 나가서 간호사한테라도 빌려와야겠다고 생각한 순간, 맞은편에 누워 있는 환자에게 문병을 와 있던 한 여자 손님이 나섰다.

"립스틱 필요하세요?"

"아, 네. 자꾸 베니 달라고 고집을 부리네요. 한 번도 이런 적이 없었는데……."

내가 그렇게 말하자 그녀는 자신이 문병 온 환자를 향해 말했다.

"아까 내가 보여준 립스틱, 일단 저분 드리자. 내가 다음에 또 챙겨올게."

맞은편 환자가 웃으며 그러라고 하자 그 손님이 자그마한 종이상자 하나를 내게 내밀었다.

"아니, 안 주서도 돼요. 나중에 제가 사오면 되는데……."

"화장은 하고 싶을 때 해야죠. 몸이 아픈데도 예뻐지는 데 관심을 갖고 계신 걸 보니까 오히려 제 마음이 흐뭇하네요."

종이상자를 열어보니 자그마한 케이스에 색깔이 세 가지나 들어 있는 립스틱이었다. 한 번도 사용하지 않은 새것인데 받아도 될까 하는 생각부터 들었다.

"우리 회사에서 나오는 제품이에요. 제가 화장품 파는 사람이거든요."

알고 보니 그녀가 그날 병실을 찾아온 건 고객인 맞은편 환자가 입원해 있는 동안 마사지를 해주기 위해서였다. 큰 병이 아닌데다 병원에서 오래 지내면 지루할 테니 마사지나 해주려고 일부러 찾아온 것이라고 했다. 어쨌든 그 덕분에 립스틱을 공짜로 얻게 된 아내는 맞은편 환자가 얼굴 마사지를 받고 있는 동안 립스틱을 곱게 발랐다.

"어때? 맘에 들어?"

"남편, 나 예뻐?"

"그럼. 예쁘지. 새색시 같이 예쁘네."

아내가 좋아서 어쩔줄 몰라한다. 거울에 비치는 자신의 얼굴을 한 번 쳐다보고 또 내 얼굴 한 번 쳐다보고, 그러고는 다시 거울에 비친 자신의 얼굴을 쳐다보았다. 맞은편에 앉은 여자는 환자에게 마사지를 해주는 틈틈이 우리를 바라보며 빙그레 웃었다. 그리고 간간이 "립스틱만 발랐는데도 얼굴이 확 살아나네요. 혈색도 좋아보이고 너무 예뻐요" 하고 아내의 기분에 맞장구를 쳐주었다.

그 손님이 가고 난 뒤 나는 맞은편 환자에게 그녀가 어디서 근무하냐고 물어봤다.

"화진 화장품 지점장이잖아요."

"화진 화장품이오? 처음 들어보는데……."

아내의 기초 화장품을 사러 몇 번 화장품 가게를 드나든 적이 있었지만 그런 화장품은 본 적이 없었다.

"방문 판매만 하는 데라 잘 모르실 거예요."

그 말을 듣고 립스틱 종이곽에 적혀 있는 가격을 보니 3만 원이 훌쩍 넘는 액수였다. 한눈에 보기에도 보통 립스틱이 아닌 것 같은데, 이런 걸 그냥 받고 보니 고마운 마음보다 왠지 미안한 마음이 더 컸다.

마침 추석 명절이 코앞이라 아내 담당의사에게 자그마한 선물이라도 해야겠다고 맘 먹고 있었는데 이참에 화장품 선물을 해야겠다는 생각이 들었다. 다음주에 마사지를 해주러 한 번 더 온다는 말에, 나는 신세도 갚을 겸 선물용 화장품을 좀 사야겠다고 생각했다. 그때만 해도 그 우연한 만남이 내 생활에 큰 변화를 가져오리라곤 짐작도 못하고 있었다.

일주일 뒤에 다시 지점장이란 사람이 병실을 찾아왔다. 나는 화장품을 몇 개 사야겠으니 제품 설명을 좀 해달라고 했다. 그런데 그녀가 대뜸 이렇게 말하는 것이다.

"시간이 괜찮으면 우리 지점에서 하는 세미나에 한번 참석하실래요? 제품 설명은 그때 해드릴게요."

"세미나요?"

“일주일에 세 번, 화, 수, 목요일에 세미나가 있는데 거기 한번 참석해 보시라고요.”

화장품 사려는 사람에게 갑자기 웬 세미나에 참석하라고 하는지 이해가 안 됐다.

“제가 병원에 매인 사람인데 어떻게 세미나를 들으러 나갑니까?”

“딱 두 시간밖에 안 걸리니까 꼭 한번 들어보세요. 화장품 사는 건 그때 결정하시고요.”

하도 간곡하게 얘기하기에 시간이 허락하면 그렇게 하겠다고 일단 대답만 해주었다. 하지만 마음속에선 내가 지금 세미나를 들을 팔잔가 하는 생각이 더 컸기에 지점장의 말은 그저 한 귀로 흘려듣고 말았다.

그리고 또 몇 주가 지났다. 월말이라 공과금을 내려고 은행에 들렀는데 누가 저만치서 아는 척을 했다.

“안녕하세요? 이렇게 또 만나네요.”

전에 만난 지점장이었다.

“세미나 참석한다고 약속해놓고 왜 안 오셨어요?”

무심히 간다고 얼버무린 말을 약속으로 단단히 믿고 있었던 모양이다.

“여유가 없어서요.”

“10월 12일에 또 세미나가 있거든요. 이번엔 꼭 오셔야 해요. 약속 또 어기지 마시고 꼭 오세요.”

지점장은 이번에도 신신당부를 하고 갔다. 엉겁결이긴 하지만 어쨌든 두 번이나 약속을 해놓고 나니 이번엔 안 지킬 수가 없었다. 결국 그날 나는 순전히 약속을 지키기 위해서 아내를 간병인에게 맡겨놓고 병원을 나섰다.

　교원공제회관 13층에 자리 잡고 있다는 말에 늦지 않으려고 열심히 가고 있는데 핸드폰이 울렸다. 받아보니 지점장이었다.

　"지금 오고 계세요?"

　"네. 이번에는 틀림없이 가고 있습니다."

　"딴 데 가지 마시고 꼭 이쪽으로 오세요."

　농담이지만 어쩐지 투철한 직업의식이 배어 있는 말투였다. '그래, 대체 어떤 이야길 하려는지 모르지만 일단 한번 들어보자.' 그런 마음으로 그곳의 문을 열고 들어섰다.

　그곳에서 들은 세미나는 내 예상과는 조금 달랐다. 화장품에 관한 이야기를 할 줄 알았는데 인생 이야기가 대부분이었다. 사람이 살아가면서 겪는 다양한 이야기가 이틀 동안 계속되더니 사흘째가 되어서야 영업 방침에 대한 이야길 들려주었다.

　'괜찮은 회사구나. 열심히만 하면 나도 돈을 벌 수 있겠구나' 하는 생각이 들긴 했지만 그래도 막상 이 일을 시작해야겠다는 생각은 들지 않았다. 일단 최근 공부를 시작한 공인중개사 자격증이 마음에 걸렸고, 6년 동안 병원에서만 지내온 내가 세일즈를 시작한다는 것도 자신이 없었다.

　그런데 사흘치 세미나가 끝나고 돌아가는 내 등뒤에 대고 지점장이 한마디를 던졌다.

　"내일 아침 9시 반까지 꼭 나오세요. 주민등록등본 2통 가지고요."

　"아직은 결정을 못 내리겠어요. 다음에⋯⋯."

"그럼 등록만 해놓고 시간 될 때만 가끔 아침에 나와 조회만 참석하고 가세요. 그건 가능하시죠?"

일도 안 할 걸 뭐 하러 그렇게 하냐고 하려다 나는 마음을 고쳐먹었다. 6년간 멀어졌던 세상과 다시 가까워지려면 어떤 것이든 계기가 필요하다는 생각이 들었기 때문이다. 갑자기 부동산 중개소를 차리거나 취직을 하는 것에 비하면 아침에 나와 조회에만 참석하는 건 크게 부담스러운 일도 아닐 듯했다. 게다가 세상과 조금씩 친해지고 병원 사람들이 아닌 새로운 사람들을 만나는 데는 이보다 더 좋은 계기가 없을 것 같았다.

"그럼 한번 나와 보죠. 하지만 일을 할지 안 할지는 좀더 두고 본 뒤에 결정하겠습니다."

오후에는 병원으로 돌아가고 밤에는 계속해서 공인중개사 시험 공부를 하겠지만 그래도 아침이 되면 이곳으로 나와 조회에 참석하기로 했다. 사람들도 만나고 일할 수 있다는 의지도 한번 키워보자는 생각에서였다.

막상 그렇게 마음을 굳히고 나니 새로운 희망이 서서히 고개를 드는 게 느껴졌다.

남편은 화장품 외판원

사원교육이 끝난 후 내게 가장 먼저 부과된 임무는 회원을 증원하는 일이었다. 병원에 있는 6년 동안 사회생활을 통해 만들어진 인맥은 거의 끊어지다시피 해 그나마 내가 아는 사람들이란 대부분 입원 환자나 그 가족들뿐이었다. 서로 처지를 위로하고 의지하면서 친해진 사람들이다 보니 일가친척 못지않게 서로를 도와주려는 마음 역시 강했다. 그래서 일단 병원에서 알게 된 사람들에게 조심스레 내가 하는 일을 설명하고 도움을 청해보았다.

지점장이 내게 그랬던 것처럼 나도 우선 지점으로 와서 교육을 한번 받아보라고 했다. 선뜻 가겠다고 말해준 사람들에겐 너무 고마워 내 돈을 주고 구입한 선물을 마구 안겨주기도 했다. 그런데 막상 그렇게 와준 사람들 대부분이 교육만 하루 듣고는 더 이상 오지 않았다. 선물만 받고 그냥 가버리는 사람도 많았다.

찾아가서 몇 번이나 설명하고 인사하면서 사정했지만 통하지 않았다. 이 사람 저 사람을 쫓아다니다보니 시간이 지나면서 서러운 마음도 들고 사람에 대한 배신감도 느껴졌다. 가입을 한다고 해서 무슨 불이익을 당하거나 손해를 보는 것도 아닌데, 그냥 교육만 받고 가라는데 왜 그걸 못해주나 싶었다. 하지만 이제 와 생각해보면 그것은 내 생각일 뿐이었다. 남의 시간을 뺏는다는 것도 일종의 손해를 끼치는 행동일 수 있으니까. 내 생각엔 아무리 좋은 교육이라 해도 남에겐 아무것도 아닐 수 있었다. 아내가 다치는 큰일을 겪으면서 누굴 원망한다거나 누구에게 섭섭한 마음을 갖는다는 것 자체를 모두 극복한 줄 알았는데 그게 아닌 모양이었다.

세상 일을 다시 시작하니 내 안에 숨어 있던 다양한 감정들이 다시금 하나씩 고개를 들었다. 그걸 느끼면서 내가 정말 우물 안 개구리로 6년을 살아왔다는 사실도 함께 깨달았다. 그리고 이런 과정없이 세일즈맨이 될 수 없다는 사실도 또 한 번 인정했다. 그렇게 생각하니 오히려 마음이 편했다. 세상이 그리 만만치 않다는 걸 경험하고 인정할수록 나는 더 단단한 사람이 될 수 있을 테니까.

20대에 직장생활을 처음 시작하던 그때처럼, 그리고 아내에게 페인트 칠을 처음 배우던 그때처럼, 용기와 자신감을 가지고 다시 시작하자고 맘 먹었다. 내가 일을 처음 시작할 무렵, 아내는 내게 붓을 쥐는 방법부터 하나하나 가르쳐주었다. 붓을 제대로 잡지 못하면 붓질을 제대로 할 수 없다. 모든 일에는 기본이 있고 그 기본을 잘 지켜나가면 어떤 일도 무사히 끝낼 수 있었다. 세일즈의 기본은 무엇일까? 그것은 아마 정직일 것이다. 정직한 마음 하나로 모든 사람을 대하자. 나는 어느새 스스로 답을 찾아가고 있었다.

길거리 증원 행사도 세일즈에서 중요한 부분을 차지한다. 대형상가 앞에 자리를 잡고 쇼핑을 하러 온 사람들을 대상으로 설문조사를 하고 관심을 가지는 사람에겐 교육 안내를 했다. 늘 아내와 둘이서 지내온 나로서는 하루에 수백 명의 사람과 이야길 나누고 그 사람들에게 내 생각을 전하는 것이 그리 쉽지만은 않았다. 내가 6년 전에 사람들과 어울려 함께 일하면서 돈을 벌던 사람인가 하는 생각이 들 만큼 낯선 기분도 들었지만 덕분에 하루가 지나고 나면 그만큼 세상을 새로 알아간다는 뿌듯함도 있었다.

길거리 증원 행사로 사람들을 대하는 방법을 어느 정도 터득한 뒤, 드디어 본격적인 판매가 시작되었다. 거리로 나가 사람들에게 물건을 팔아야 할 때가 온 것이다. 결혼 초기에 아내가 방문판매를 하는 사람들에게서 화장품을 사는 걸 몇 번 본 적은 있었지만 정작 내가 나서서 화장품을 판다고 생각하니 우선 입부터 떨어지지 않았다.

첫날 내가 향한 곳은 재래시장이었다. 일단 처음부터 모르는 곳에 가서 부딪치는 게 최선이란 생각을 했다. 괜히 아는 사람부터 찾아가 물건을 팔기 시작하면 계속 아는 사람만 찾아다닐 것 같았기 때문이다. 시장에서 일하는 사람들은 장사하기 바빠 얼굴 관리할 여유가 없기 마련이고 화장품 가게에 들를 시간도 없을 테니 내가 제품 설명만 잘하면 영업이 될 것 같았다.

'배운 대로만 하자. 배운 대로만…….'

마음속으로 수십 번 같은 생각을 했다. 그리고 내가 배운 영업 방법을 하나하나 되짚어보면서 시장을 한 바퀴 돌았다. 그리고 여자들이 많이 모여 있는 수예점을 발견하고 그곳의 문을 열었다.

"어머니들, 안녕하세요. 저는 화진 화장품에서 나왔습니다."

첫인사는 배운 대로 하니 그다지 어렵지 않았다. 그런데 모두들 나만 빤히 쳐다보는 바람에 그만 말문이 막혀버렸다.

'우리 화장품 안 사요.' 누가 이런 말을 한마디라도 했다면 아마 '죄송합니다' 하고 나와버렸을지도 모른다. 그런데 몇 시간 동안 바느질만 하느라 심심했는지 낯선 사람에 대한 경계가 별로 없었다. 떠듬거리며 내가 들고나온 제품들을 설명한 뒤, 타사 제품과 비교되는 장점들을 알려주었다. 그리고 샘플을 뜯어 손등에다 조금씩 발라주었다. 말솜씨가 매끄럽지 못해 해야 할 말을 자꾸 놓치고, 나중에 그 말이 생각나서 다시 덧붙이다보니 시간이 훌쩍 가버렸다. 11월 중순이라 해도 빨리 떨어지는데 어서 하나라도 팔고 나서야겠다는 불안함에 입술이 바짝바짝 말랐다. 여기서 못 팔면 다음 가게로 얼른 이동해야 하는데 정작 내가 시간을 끌고 있으니 애가 탔다. 그렇게 한 시간쯤 흘렀을까? 어느 아주머니가 내가 안돼 보였는지 화장품 하나를 가리켰다.

"그 선크림 하나 줘요. 그거 괜찮겠네."

내 첫 고객이었다. 2만 원짜리 선크림 하나였지만 그 순간 그 아주머니가 얼마나 고마웠는지 모른다. 그녀는 6년 만에 나의 첫 고객이었을 뿐만 아니라 세상으로 나선 내게 큰 용기를 심어준 은인이나 마찬가지였다.

그날 나는 세 개의 화장품을 팔았다. 가격으로 따지면 얼마 되지 않지만 그래도 세 개를 팔고 집으로 돌아오는 마음은 괜히 벅차올랐다. 아직은 아내를 돌보는 일이 우선이고 남는 시간에 하는 영업이라 크게 벌 수는 없겠지만 그래도 이 일을 통해 나 자신을 들여다보게 되리란 확신이 들었다. 무엇보다 세상을 알고 인생을 배우는 계기가 될 것 같았다.

그때는 그것이 바람에 불과했는데 1년이 지난 지금은 그것이 현실이 되었다. 가까운 미래에 나는 하나의 지점을 내게 된다. 발탁제도와 승진제도 덕분에 열심히만 하면 내 돈이 없어도 지점 개설이 가능한데, 지점을 개설하면 보험이 적용되고 월급을 받을 수 있었다. 드디어 우리에게도 안정적인 생활 기반이 잡히게 되는 것이다.

새 일을 시작하는 것보다 아내를 두고 나와 있어야 한다는 게 더 어려운 문제였다. 물리치료를 받을 땐 내가 꼭 옆에 있어야 하기 때문에 오전 물리치료가 끝난 뒤에야 일을 나올 수 있다. 그런데 늘 옆에 붙어 있던 남편이 자리를 비우기 시작하자 아내의 마음이 불안했던 모양이다. 슬슬 눈치를 보면서 옷을 챙겨 입으면, 어느새 알아채고 어딜 가냐고 꼬치꼬치 물었고, 좀 기다려도 내가 오지 않으면 남편을 불러오라고 떼를 쓰기 시작했다.

밖에 나와 있는 동안에도 아내 걱정에 마음이 편치 못했다. 내가 할 수 있는 일은 수시로 전화를 걸어 아내를 챙기는 일뿐이었다. 특히 침 맞는 시간이 되면 빼먹지 않고 아내와 통화를 했다. 아내는 침 맞는 걸 무엇보다 싫어했기 때문에 한 번 맞을 때마다 옆에 있는 사람들까지 고생을 해야 한다. 내가 옆에 있을 때도 아내를 구슬리기 위해 별별 방법을 다 동원해야 했다. 한동안 아내에게 잘 먹힌 방법은 돈을 주는 것이었다.

"돈 줄 테니까 침 잘 맞는다고 약속해."

내가 그렇게 말하면 아내는 얼른 "돈 줘" 하고 손을 벌린다. 만 원짜리 한 장을 손에 쥐어주면 꼭 쥐고 있다가 주머니에 넣었다. 그래놓고 막상 침이 한 대 들어가면 또 죽는다고 고함을 지르면서 안 맞는다고 난리였다.

그래도 일단 침을 맞기 직전까지는 실랑이를 벌이지 않아도 되었기에 나는 아내에게 침 한 번 맞는 데 만 원이라는 거래를 먼저 제시하곤 했다. 세상 돌아가는 이치를 모두 잊어버린 아내도 돈의 개념만은 단번에 파악을 해버려 만 원과 천 원을 구별할 줄 알았다.

아내가 하루에 맞는 침은 대략 20대 정도다. 양발과 양손, 그리고 머리에 빽빽하게 침을 꽂았는데 막상 다 맞고 나면 그렇게 아프지 않다지만, 침이 들어갈 때의 따끔함과 침을 맞는다는 공포가 늘 울음을 터트리게 만드는 모양이었다.

밖에 나와 있어 돈을 주며 달랠 수 없는 상황이 되면 대신 전화로 달래는 수밖에 도리가 없었다. 내가 전화를 하면 아내는 우는 소리부터 냈다.

"보고 싶어. 눈물 나. 빨리 와."

아내는 쉬지 않고 어서 오라고 난리였다.

"나 돈 벌러 왔으니까 돈 벌어서 사과 사 가지고 갈게."

"언제 오는데? 몇 시에 오는데?"

"금방 갈 거야. 침 맞고 잠시만 참고 있으면 금방 갈 테니까 울지 말고……. 당신 울면 내 마음도 안 좋잖아, 그치?"

"알았어. 빨리 와. 나 눈물 나."

그렇게 한동안 마음을 달래주고 전화를 끊으면 그나마 침을 맞는 일이 조금은 수월해진다. 어쩌다 조회시간에 쫓겨 전화를 못 거는 날이면 간병인은 물론 침을 놓는 의사까지 고생이 이만저만이 아니었다.

그렇게 병원 걱정에 한시도 마음 놓을 때가 없으면서도 나는 어떻게든 세상에 한 발을 걸쳐놓기 위해 지금도 애쓰고 있다. 방법은 그저 열심히 하는 것밖에는 없다. 아내를 간병할 때의 심정으로 무작정 매달릴 수밖에 없고 그렇게 매달리다 보면 무슨 수가 날 것이다. 무엇보다 어기서 포기해버리면 다시 용기를 내고 시작하는 데 더 큰 어려움이 따를 것이라는 위기감이 나의 등을 떠밀었다.

'남자가 어떻게 화장품을 팔러 다닐까 하는 생각보다는 어떻게든 세상을 배워보겠다는 생각 하나로 나서보자.'

아침마다 간절한 마음으로 다짐과 각오를 끝내고 나면, 아내의 얼굴을 한 번 바라본 다음 병원을 나섰다.

〈인간극장〉에 출연하다

우석 한방병원은 고지대에 자리 잡고 있어 경치나 공기는 좋지만 아쉽게도 환자가 산책할 만한 공간은 별로 없다. 그나마 주차장이 있는 앞마당을 몇 번 거니는 것이 유일한 산책이라 할 수 있었다. 대신 병원 안은 대학 병원보다 훨씬 조용하고 아늑해서 아내는 주로 병실에서 창밖을 내다보며 시간을 보낸다. 그날은 마침 토요일이라 나도 일을 일찍 끝내고 들어왔다. 아내와 함께 이런저런 이야기를 나누고 있는데 핸드폰이 울렸다.

"이길수 씨 되시죠? 여기는 KBS 〈인간극장〉 팀인데요. 지금 통화하시기 괜찮으세요?"

전화를 걸어온 사람은 〈인간극장〉 팀의 작가였다. 레지나가 주인공으로 나온 MBC 〈사과나무〉를 통해 우리 가족 이야기를 접했다면서 만나서 이야기를 나누고 싶다는 뜻을 내비쳤다.

"방송 출연 문제라면 일단 레지나와 상의를 해봐야겠는데요."

"저희가 생각하는 주인공은 레지나 양이 아니고 어머니와 아버님인데요."

"우리요?"

"네. 아내를 간병하는 모습을 담고 싶어서요."

"말씀은 고맙지만 사양할게요. 우리는 〈인간극장〉에 나갈 만한 사람들이 아니에요."

레지나 이야기라면 방송에 나가는 것이 전혀 서리낌이 없었다. 레지나를 이야기하면서 우리 부부가 비쳐지는 거라면 몰라도 아내와 내가 주인공이라면 그건 이야기가 달랐다. 무엇보다 우리에겐 방송에 나갈 만큼 특별한 것이 없었다. 사고를 당한 아내를 간병하는 남편이 어디 대한민국에 나뿐이겠는가? 그리고 4년 만에 식물인간 상태에서 깨어난 사람이 어디 아내뿐이겠는가? 게다가 〈인간극장〉은 우리 부부도 자주 보는 프로그램이었기에 거기 출연하는 사람들이 어떤 사람들인지 잘 알고 있었다. 어디서 저런 사람들을 찾아냈을까 싶을 정도로 특별한 인생을 사는 사람들이 많았다. 그런 프로그램에 평범한 우리 부부가 출연한다면 세상사람들이 다 웃을 것이다. 그런 이유들을 들어가며 나는 방송 출연을 극구 사양하고 전화를 끊었다.

그런데 그쪽에서는 쉽게 포기할 생각이 없는 듯했다. 그렇게 전화를 끊은 뒤에도 일주일에 한 번은 꼭 전화가 걸려왔다.

"요즘은 상태가 좀 어떠세요? 몸은 많이 좋아지셨어요?"

　안부전화라는 명목으로 두 달간 꼬박꼬박 걸려왔다. 그때마다 그래도 방송엔 못 나간다고 웃으며 거절을 했고 그쪽에선 다시 한 번 생각해보시라는 말로 전화를 끊었다. 두 달째 되었을 때, 나는 그동안 거절만 한 것이 미안하기도 하고, 이렇게 계속 전화를 받는 것이 불편하기도 해서 돌려서 말을 했다.

　"제가 긍정적으로 한번 생각해볼게요. 그러니까 나중에 전화 주세요. 자꾸 전화하지 마시고요. 제가 더 미안해서 어찌할 바를 모르겠네요."

　"긍정적으로 생각해주신다고요? 감사합니다."

　기뻐하는 기색이 역력한 것 같아 내가 실수한 게 아닌가 하는 생각이 들었다. 전화를 끊고도 내 뜻을 오해한 것 같아 약간 걱정이 되었는데 아니나 다를까 그 우려는 현실이 되었다. 바로 그 다음날, 피디와 촬영감독이 우리를 찾아 전주까지 내려왔던 것이다.

　"아니, 제 말은 그런 뜻이 아니었거든요."

　내가 해명하기 위해 진땀을 뻘뻘 흘리자 프로그램을 담당한다는 박정훈 피디가 웃으면서 말했다.

　"걱정 안 하셔도 됩니다. 오늘은 그냥 찾아뵙고 인사나 드리려고 온 것이니까요. 제 이야길 들어보시고 나서 결정을 내려주세요. 그래도 싫다고 하시면 저희는 그냥 올라가겠습니다."

　그렇게까지 나오니 어쩔 방도가 없었다. 그래서 일단 앉아서 두어 시간 동안 이야기를 나누게 되었다.

　"레지나 덕에 방송을 탄 것으로 충분합니다. 더 알려질 만한 특별한 사연도 없고요."

"원래 〈인간극장〉의 의도가 우리 주위에 있는 이웃들의 진솔한 삶을 소개하는 것이거든요. 특별한 것만이 중요한 게 아니고 삶에 진실이 있느냐 없느냐가 중요하죠. 다른 건 몰라도 두 분한테는 '사랑'이 있지 않습니까? 저희가 방송을 통해 보여주고 싶은 건 그것뿐입니다."

박 피디의 이야기를 듣고 있자니 내 마음이 조금씩 움직이기 시작했다. 그는 다시 말을 이었다.

"가족이라면 서로 사랑하고 힘들 때 힘이 되어주는 게 당연한 일인데 요즘은 그 당연한 기본마저 지켜지지 않는 세상이거든요. 그렇게 서로의 소중함을 모른 채, 혹은 잊어버린 채 살아가는 사람들에게 선생님 부부의 이야기가 자극이 될 수 있을 겁니다. 어떤 색다른 것을 원하는 것이 아니에요. 그냥 서로 사랑하면서 살아가는 모습 그대로가 가장 큰 이야기죠."

결국 두 시간의 이야기 끝에 나는 방송 출연을 결심하게 되었다. 하겠다고 약속한 뒤에도 '이게 잘하는 일일까?' 하는 걱정은 쉽게 가시지 않았지만 좋은 마음으로 허락했으니 결실도 좋게 나오리라 생각하기로 마음을 굳혔다.

촬영은 당장 다음날부터 시작되었다. 우리 부부가 보여줄 수 있는 것은 별 다른 게 없었다. 아침에 일어나서 세수하고 밥 먹고, 회진이 끝나면 물리치료실로 향했다. 울면서 물리치료를 받고 나면 복도로 데리고 가서 또 걷기 운동을 시키고는 기진맥진해진 아내를 병실로 데리고 왔다.

촬영팀은 어떤 연출도 없이 그냥 우리를 따라다녔다. 앞서 방송출연 때 이것저것 연출을 많이 하는 걸 보고 그렇게 할 거라고 예상했던 우리는, 카메라가 없는 것처럼 그냥 평소에 하던 대로 행동하라는 말이 더 어려웠다. 뭘 어떻게 해달라고 요구를 하면 그대로 할 수 있을 텐데 알아서 하라고 하니 평소 하던 일도 갑자기 어색하게 느껴졌다.

처음 며칠은 정신이 하나도 없었다. 카메라가 계속 따라다니니 사람들 시선도 신경이 쓰였고 나 역시 행동하기가 자연스럽지 못했다. 아내는 카메라가 계속 자기를 비추자 처음에는 관심이 없는 듯하다가 한 번씩 "사진은 왜 찍어?" 하고 물었다.

"당신이 이뻐서 찍는 거야. 당신 찍어서 텔레비전에 나오게 하려고."

"그래?"

내 말을 들은 아내의 얼굴에 살짝 미소가 감돌았다. 하지만 그것도 잠시뿐, 몇 분 지나기 무섭게 처음 물어보는 듯이 왜 사진을 찍냐고 다시 물었다. 물어보고는 정작 대답을 하려면 딴청을 부렸다. 아내가 크게 관심을 보이지 않으니 촬영을 하는 데는 오히려 도움이 됐다.

며칠 하면 끝나겠지 싶었던 촬영은 한 달간이나 계속되었다. 매일같이 특별할 것도 없는 병원에서의 일과임에도 불구하고 카메라는 한시도 쉬지 않고 우리를 따라다녔다. 여관 잠을 자고 식당 밥을 먹으면서 한 달 내내 촬영하는 것을 보고 놀란 사람은 오히려 나였다. 일부러 상황을 연출하지 않는 건 한 달 내내 따라다니면서 원하는 것을 자연스레 얻기 위해서인 것 같았다.

7월로 들어서면서 불볕더위가 찾아들어 가만히 있는 우리도 힘든데 무거운 카메라를 들고 따라다니는 촬영팀은 오죽 힘들까. 아내 역시 안쓰런 생각이 들었는지 돈이 생기면 피디에게 쥐어주면서 과자를 사먹으라고 하기도 했다. 그래도 역시 좀 지나고 나면 사진을 왜 찍냐고 물었다.

촬영을 시작한 지 몇 주가 지났을 때 우리는 촬영팀과 함께 다리목에 있는 우리 집으로 갔다. 그때 나는 아내의 기억을 찾아주기 위해 성당 미사가 끝나고 나면 아내를 데리고 화심이나 집, 아니면 우리가 연애시절에 자주 가던 장소들을 찾아 짧은 여행을 떠나곤 했다.

그날은 처음으로 아내와 함께 우리 집에서 하룻밤을 자고 병원으로 돌아가는 것을 목표로 삼았다. 그런데 촬영팀과 함께 집 안에 들어와 여기저기를 둘러보던 중에 아내가 놀라운 말을 했다.

내가 거실 벽을 가리키며 사람들에게 "이거 우리 둘이서 직접 칠한 거예요" 하고 말을 하자마자 아내가 뒤이어 "무늬코트야" 하고 말했던 것이다.

무늬코트란 거실 안에 칠한 페인트의 종류를 말하는 것이다. 칠하면 점점이 찍혀진 무늬가 자연스럽게 나타나도록 색깔이 혼합되어 있는 페인트였는데 이 분야 일을 하는 사람이 아니고는 무늬코트라는 말은 잘 쓰지 않는다. 역시 10년을 한결같이 해온 일이었기에 아내는 자신도 모르게 페인트의 종류를 기억하고 있었던 모양이었다. 나는 놀라서 아내에게 몇 번이나 재우쳐 물어보았다.

"이거 무늬코트인 거 기억하고 있었어?"

"그럼 알지."

아내는 대수롭지도 않다는 듯 그렇게 대답했다.

"그럼 이거 당신이 직접 칠한 것도 기억나?"

"그랬어?"

그건 기억나지 않는 모양이었다. 나는 아내를 창고로 데려가서 창고에 쌓여 있는 페인트 통과 천장에 걸려 있는 다양한 종류의 롤러 등을 보여주었다.

"이런 것들 모르겠어?"

"이게 뭐야? 뭐가 이렇게 많아?"

"이 페인트를 여기 롤러에 묻혀서 이렇게 칠하잖아. 기억 안 나?"

벽에다 칠하는 시늉을 해보였지만 아내는 영 모르겠다는 눈치였다.

"몰라. 내가 그랬어?"

무늬코트는 기억해도 다른 건 모두 낯선 모양이었다. 그래도 무늬코트 하나를 기억해냈다는 것만으로 그날의 성과는 충분했다. 나는 들뜬 마음으로 아내를 위해 저녁을 준비했다. 오랜만에 전기밥솥에 밥을 하고 찌개도 끓였다. 내가 저녁을 준비하는 동안 아내는 안절부절 못한 채 집 안을 서성거렸다. 전에는 집에 왔다가도 잠깐씩만 머물고 갔는데 이번엔 꽤 오래 머물고 있으니 아내의 마음이 영 불안한 듯했다. 내가 물었다.

"여보, 여기가 어디야?"

"대학 병원."

아내는 집에 앉아서도 이곳이 대학 병원인 줄 알았다. 병원에 있는 동안 수백 번 여기가 어디냐고 물었고, 그때마다 대학 병원이라고 대답한 것이 아내의 머릿속에 입력돼버린 것이었다. 그 뒤부터는 어딜 가나 그곳이 대학 병원이라고만 알고 있었다. 말은 대학 병원이라고 하면서도 정작 마음은 불안한지 아내의 표정이 점점 더 어두워져갔다.

　그날, 우리는 우리 집에서 자려던 계획을 포기하고 병원으로 돌아왔다. 아내의 상태가 좋지 않아 더 이상 집에 있을 수 없었다. 불안해하던 아내는 병원에 도착하자 다시 편안한 얼굴로 돌아왔다. 너무 오랫동안 집을 떠나 있었던 탓에 이제는 병원이 집이 되고 집이 낯선 곳이 되어버린 것이다. 속상하지만 어쩔 수 없는 현실이었다.

　촬영을 하는 동안 나는 아내를 차에 태워 병원과 집, 화심과 성당을 비롯해 여러 곳을 다녔다. 우리 가족들의 추억과 과거가 조금씩 남아 있는 장소들이었다. 그곳을 다니면서 그때는 제대로 몰랐던 사실을 한 가지 알게 되었다. 우리가 참 행복한 가족이었다는 사실이다. 물론 지금도 행복하다. 그런데 지금은 행복한 걸 충분히 알고 있는데 그때는 지금만큼 알지 못했던 것 같다. 행복하다는 사실을 좀더 잘 알았더라면, 더 많이 웃고 더 많이 감사했을 텐데 하는 아쉬움이 마음 한 구석에서 떠나지 않았다. 그리고 카메라에 비쳐질 우리 가족들의 모습 역시 불쌍한 사람들이 아닌 행복한 사람들로 보여졌으면 좋겠다는 생각이 들었다. 그것만이 유일한 바람이었다.

　텔레비전에 나오는 자신의 모습을 보면서도 아내는 별로 관심을 보이지 않았다. 자신이 물리치료를 받으면서 우는 모습이 나오자 "왜 운대?" 하고 나한테 슬쩍 물어보기만 했을 뿐 열심히 보는 것 같지도 않았다.

　한 달간 촬영을 하느라 아내도 나도 고생을 많이 했지만 〈인간극장〉에 출연한 덕분에 우리 가족에겐 몇 가지 변화들이 일어났다. 그 중에서 가장 큰 변화는 역시 사람들의 관심이었다. 방송이 나간 직후 외출을 하면 나와 아내를 알아보는 사람들이 적지 않았다. 그것은 몇 달이 지난 지금까지 계속되고 있는데, 어떤 사람들은 바로 알아보고 아는 척을 해왔고 또 어떤 사람들은 어디서 많이 봤는데 하는 표정으로 흘깃흘깃 돌아보기도 했다. 그 전에도 휠체어를 밀고 다니면 한 번씩 쳐다보는 사람들이 있긴 했지만 방송이 나간 뒤에는 많은 사람들이 우리를 안다는 얼굴로 쳐다보고 더러는 응원을 보내오기도 했다.

전화도 많이 받았다. 방송에 자막으로 나간 우석대 한방병원으로 일단 전화를 해 아내 이름을 대고 병실 번호를 물어 내게 연결이 되곤 했다. 그런데 전화를 해온 사람들 중 대부분은 식물인간으로 지내는 가족을 둔 사람들이었다. 그들의 눈에는 다른 어떤 것보다 4년이란 시간을 식물인간으로 지내다 좋아졌다는 사실이 크게 다가왔을 것이다. 병원까지 직접 찾아오는 사람들도 있었다.

우리 남편이 지금 이런 상태인데 어떻게 하면 좋겠느냐, 체중이 갑자기 빠졌을 때는 어떻게 대처했느냐, 간식은 무엇을 주었느냐, 물리치료는 어떤 방법으로 했느냐…….

사람들은 간절한 목소리로 내게 이런 것들을 물어왔다. 지푸라기라도 잡고 싶은 그들의 심정을 충분히 알기에 나도 가능하면 도움이 되고 싶었다. 하지만 내가 해줄 수 있는 말 속에 사람들이 원하는 특별한 방법은 없었다. 내가 해줄 수 있는 말은 이것뿐이었다.

"가장 중요한 것은 간병하는 사람의 간절한 마음입니다. 진실한 마음으로 환자에게 사랑을 줄 수 있어야 의학으로 불가능한 일을 해낼 수 있어요. 그리고 끊임없는 정성과 인내가 필요합니다. 좋아질 거라는 믿음 하나로 하루하루 최선을 다해 환자를 대해야 하고요. 간병하는 사람이 희망을 잃어버리면 그건 환자가 잡고 있는 마지막 끈을 놓아버리는 것과 마찬가지예요. 기저귀를 갈아주더라도 혼자 힘으로 소변을 볼 수 있다는 것을 감사하는 마음으로 갈아준다면 환자도 그걸 충분히 느낄 수 있을 거예요. 그리고 환자가 아무것도 듣지 못한다는 생각은 절대 하지 마세요. 들어서 기분 나쁠 소리는 절대 하지 말고 병원비에 관련된 이야기도 하지 마시고요. 안 듣고 못 보는 것 같아도 잠재의식 속에 남게 되거든요. 돈 때문에 가족들이 자신을 힘들어 한다는 걸 느끼면 환자도 살려는 의지를 잃게 됩니다. 환자도 가족들이 느끼는 감정을 다 똑같이 느껴요. 결국 우리가 환자에게 해줄 수 있는 건 사랑과 노력, 그 두 가지뿐입니다."

내 말에 공감하지 못하는 사람, 그것 말고 다른 방법이 있으면서 왜 안 가르쳐주냐고 의심하는 사람에겐 내가 하는 것을 직접 지켜보라고 했다. 특별한 것은 처음부터 끝까지 없었다. 우리에게 무언가 특별한 것이 있다면 그건 딱 한 가지, 아내를 대하는 내 마음뿐이었다.

여보, 나 예뻐?

아내가 다치기 몇 해 전, 결혼기념일에 아내는 내게 반지 하나를 선물해주었다. 예쁜 커플링이었다. 남편인 내가 선물을 했어야 했는데 아내에게 먼저 선물을 받고 보니 미안한 마음도 없지 않았지만 그래도 기분은 좋았다.

아내가 다친 후 혼자 그 반지를 끼고 있기 미안해 집에 두었는데, 2004년 12월 크리스마스 즈음에 집에서 반지를 찾아 다시 손가락에 끼었다. 화장품 회사에 다니기 시작한 초기라 아내와 떨어져 있는 시간이 많아지자 아내가 사준 반지라도 끼고 있으면 그나마 아내와 함께 있다는 생각을 할 수 있을 것 같았기 때문이다.

그런데 아내가 내 손에 낀 반지를 보고는 자신도 반지를 끼고 싶다고 했다. 그동안에도 시계를 해달라, 목걸이를 해달라 요구사항이 많았다.

한번은 장미꽃 반지를 사달라고 해서 며칠 동안 여러 가게를 뒤진 끝에 장미꽃 모양 반지를 사다준 적도 있었고 안경을 맞춰달라고 해서 안과에 가서 시력을 검사하고 안경까지 맞춰주기도 했다. 어떨 땐 시계를 두 개씩 차고 있기도 했고 모자를 사다줬더니 절대 안 벗으려고 해서 밤에도 모자를 쓰고 잔 적도 있었다.

문제는 아내가 그 모든 것들을 제대로 간수하지 못한다는 사실이었다. 반지를 사다주면 한나절 정도는 얌전히 끼고 있다가 그 다음날이 되면 어느새 손가락에서 빠져 있곤 했다. 반지 어디 있냐고 물어보면 자기는 모른다고 시치미를 뗐다. 나중에 시트를 갈다가 베개 밑에서 발견하기도 했고, 벗어놓은 환자복 속에서 찾기도 했다. 반지뿐만 아니라 목걸이, 시계, 안경에 이르기까지 아내의 몸을 한 번 거친 것들은 이내 어디론가 사라져버리기 일쑤였다.

침을 맞을 때마다 준 돈도 휴지통에 들어가거나 빨래 수거함에 들어가 잃어버린 적도 많았다. 그런 일이 워낙 잦다보니 선물을 할 때도 잃어버릴 걸 염두에 두고 너무 비싸지 않은 걸로 사야 하고, 선물한 뒤엔 잃어버리지 않도록 계속 관리까지 해야 할 정도였다. 그렇다고 또 예쁜 것을 가지고 싶어하는 아내의 마음까지 꺾을 수는 없었다.

결혼하기 전만 해도 아내는 매우 검소한 사람이었다. 시골에서 나고 자란 탓도 있겠지만 스물세 살 아가씨치고 심하다 싶을 정도로 화장이나 액세서리에 관심이 없었다. 예쁘게 꾸미지 않아도 아내는 자기만의 수수한 매력을 가지고 있었고 나는 그 수수함이 어떤 보석보다 아내를 빛나게 한다고 믿었다.

레지나는 엄마와 달리 어려서부터 예쁘고 특이한 것만 좋아하고 남보다 튀는 것을 좋아했다. 아내 역시 그런 레지나를 위해 예쁜 것, 특이한 것만 사주고 챙겨주었기 때문에 레지나는 지금도 꽤 멋쟁이다. 복원 수술을 받고 깨어난 이후부터 유난히 예쁜 것을 찾는 아내를 보면서 나는 꼭 레지나의 어린 시절을 보는 것 같았다.

맏딸로 태어나 동생들 챙기는 사이 나이를 먹고, 결혼한 이후에는 아이들 챙기느라 바빴던 아내, 자신을 위해선 싸구려 하나에도 인색했던 아내였기에 지금의 변화가 한편으론 고맙기도 했다. 지금이라도 투정을 부려 예쁜 걸 가질 수 있으니 오히려 다행이라고, 평생 남에게 양보만 하고 살아왔으니 떼를 많이 써도 괜찮다고 여겼다. 그만큼 못 해준 것들이 많이 생각났다. 반지 하나를 껴도, 아니 세수만 하고 나서도 아내는 내게 늘 묻는다.

"여보, 나 예뻐?"

"그럼 예쁘지."

"얼마나 예뻐?"

"세상에서 제일 예쁘지."

매일 똑같이 하는 대답인데도 불구하고 아내는 그 말을 들을 때마다 매번 좋아한다. 다친 뒤 얼굴이 많이 붓고 표정 역시 자연스럽게 짓지 못하지만 그래도 내 눈에 비치는 아내의 얼굴은 여전히 예쁘기만 하다. 밥 먹을 때나 잠들 때, 침 맞으면서 잘 참을 때, 웃을 때, 화낼 때까지 내게 아내는 무조건 예쁜 사람이다.

그래도 역시 아내가 가장 예뻐 보일 때는 아내가 기도할 때인 것 같다.

사고 직후 중환자실에서 일반병실로 옮겨온 날부터 아내는 빠지지 않고 휠체어를 탄 채 전북대학 병원의 본관 성당에서 열리는 금요미사에 참석했다. 션트 수술 후 의식을 잃은 뒤로는 레지나가 오는 날이면 나 혼자 성당을 찾아가 아내 몫까지 기도를 드렸다. 그리고 아내가 다시 깨어나 이곳 우석 한방병원으로 옮긴 뒤로는 병원 근처에 있는 성당에 다시 다닐 수 있게 되었다. 휠체어를 탄 아내를 위해 성당에서는 맨 앞자리에 아내를 위한 특별공간까지 마련해주었다. 아내는 휠체어에 앉고 나는 맨 앞자리에 앉아 우리는 함께 미사를 드렸다. 미사가 시작되면 아내는 성가도 부르고 큰 소리로 기도도 올렸다. 남들이 듣건 말건 자신이 하고 싶은 말이 있으면 하느님께 바로 고해 바쳤다.

가끔 아내의 기도가 내 귀에까지 들려오곤 했다. 아직은 자연스럽지 않은 입을 오물오물 움직여 아내가 하느님께 드리는 기도를 듣고 있으면, 세상에서 가장 순수하고 아름다운 영혼을 만난 것 같은 기분이 들었다.

아내는 우선 "하느님 안녕하세요" 하고 시작했다. 그리고 "우리 남편, 요한이, 레지나를 지켜주세요"도 빠지지 않고 이야기했다. 아내의 기도가 끝나는 마지막은 언제나 "하느님 안녕히 계세요"였다.

기도를 드리는 아내의 모습이 내 눈에도 이렇게 예쁜데, 하느님이 보시기에는 또 얼마나 예쁠까 하는 생각마저 들었다. 아내의 기도를 듣고 나면 내 기도는 더 길어졌다. 저 순수하고 착한 영혼을 지켜내기 위한 나의 책임감이 더 무거워지기 때문일 것이다.

나의 기도는 언제나 한결같다. 가장 먼저 기도하는 것은 언제나 아내의 회복이다. 아내를 돌볼 힘과 지치지 않는 용기를 달라고 기도한다. 그리고 내가 미처 제대로 돌보지 못한 우리 아이들, 요한과 레지나를 지켜달라고 기도한다.

아내와 나를 지금까지 지켜준 것은 신앙이었다. 일을 하고 돈을 버는 생활은 우리의 몸을 살찌우게 했지만 신앙은 우리의 영혼을 키워주었다. 우리의 마음을 주관하는 건 오직 하느님의 몫이라고 생각했고 우리의 마음을 하느님이 맡고 계시니 무슨 일이 있어도 마음이 흔들리거나 시험에 빠지지 않는다고 믿었다. 그런 믿음이 있었기에 포기나 좌절은 생각할 수 없었다. 그래서 나는 예쁜 아내, 유금옥을 지켜낼 수 있었던 것이다.

"당신 뭐라고 기도했어?"

"하느님 안녕하세요, 했지."

"그러고는?"

"안녕히 계세요, 했지."

"예쁘게도 기도했네."

"여보, 나 예뻐?"

"그럼 예쁘지. 세상에서 제일 예쁘지."

병원으로 돌아오면서 언제나 아내와 나누는 대화이다. 아마 하느님 생각도 같을 거라고, 나는 그렇게 믿고 있다.

가족은 '포기하지 않는 사람'의 다른 이름

저녁에 아내를 목욕시켜주고 침대에 눕혔다. 먼저 깨끗한 새 환자복부터 입혀놓고 기저귀를 채우려고 하는데 아내의 표정이 좀 이상했다.

혹시나 해서 앉아 있던 자리에 손을 넣어보니 어느새 축축했다. 그 새를 못 참고 오줌을 싸버린 것이다. 이렇게 되면 환자복을 새로 갈아입히는 건 물론 시트까지 죄다 갈아야 했다. 간호사들에게도 미안한 일이었다. 한두 번 있었던 일도 아니지만 나는 이번 기회에 버릇을 좀 고쳐야겠다 싶어 일부러 야단치는 척했다.

"당신 왜 말도 안 하고 몰래 오줌 싸버렸어? 조금만 참으면 기저귀 채워줄 텐데, 일부러 그런 거야? 나 애 먹이려고?"

"아냐, 아냐."

아내도 민망한지 고개까지 가로저으며 아니라고 한다. 그 모습을 보니 작정하고 야단을 쳤는데도 불구하고 내 마음이 짠해진다.

"당신 잘못했다고 그러는 게 아니고, 자꾸 오줌 싸면 여러 사람 힘들잖아. 그리고 이것도 얼른 가려야 집에 가지."

아내는 민망한지 눈만 껌벅거리고 있다. 표정을 보니, 남편이 하지 말라고 하는 것은 수도 없이 많은데 대체 그것들을 어떻게 구분해야 하는지, 아내 역시 답답한 모양이었다.

환자복을 갈아입히고 시트를 새로 깔고 기저귀까지 채운 다음, 아내를 침대에 다시 눕혔다. 지은 죄가 있어인지 아내는 아무 말 않고 내가 하라는 대로 얌전하게 몸을 움직였다. 수선을 피우느라 못 바른 화장품을 꺼내 발라주면서 물었다.

"당신 지금 몇 년째 병원에 누워 있는 줄 알아?"

"아니."

"벌써 7년째야."

"그래? 그렇게나 오래 있었어?"

어쩌면 그렇게 오래 있었냐는 표정이었다.

"그래. 벌써 7년이나 됐어. 이렇게 오래 있게 될 줄 당신도 몰랐지?"

"그럼 몰랐지."

"그러니까 이제 집에 가야지, 그치?"

"그래야지."

아내가 고개를 끄덕였다. 집에 가자는 말을 아내에게 그동안 얼마나 많이 해왔던가? 하지만 아내는 돌아갈 집이 어딘지, 거기에 무엇이 기다리고 있는지 전혀 알지 못했다. 내가 집에 가야 한다고 말하니 그런가 보다 할 뿐이었다.

금방 목욕을 끝내놓고 입은 옷 위에 오줌을 싸버린 아내를 보면서 문득, 깨어난 지 2년이 흘렀다는 사실이 무슨 의미가 있나 싶었다. 어쩌면 아내는 여전히 제자리 걸음만 하고 있는데 나 혼자 멀리까지 왔다고 착각하고 있는 건 아닐까 하는 생각도 들었다. 어쩌면 아내는 지금 이 순간에 머물러 있는 것에 만족하고 있는지도, 영원히 다섯 살로 남고 싶어하는지도 몰랐다.

며칠 그런 생각을 하며 나도 모르게 우울해했던 것 같다. 그런데 어느 날 저녁, 아내가 무심히 이렇게 말했다.

"나 외로워. 쓸쓸해……."

7년 만에 처음 들어보는 말이었다. 눈물이 난다거나 화가 난다는 말은 했어도 외롭거나 쓸쓸하다는 표현이 아내의 입에서 나온 적은 없었다.

"당신 뭐라고 했어?"

"외롭고 쓸쓸하다고……."

"외롭고 쓸쓸한 게 뭔지 알아?"

"뭐긴 뭐야, 외롭고 쓸쓸한 거지……."

그것도 모르냐는 눈빛이었다. 속으로는 웃음이 났지만 겉으론 화내는 척했다.

"당신이 왜 외롭고 쓸쓸해? 신랑이 없어, 아들이 없어, 딸이 없어? 거기다 집도 있지. 차도 있지. 당신이 다 낫기만 하면 다같이 모여서 알콩달콩 재밌게 살 텐데 왜 외롭고 쓸쓸해? 당신은 공주마마야. 공주마마!"

공주마마라는 말이 마음에 들었는지 외롭다던 아내의 얼굴엔 어느새 슬그머니 웃음이 번졌다.

외롭고 쓸쓸하다니, 큰 발전이었다. 아내에게 그런 기분이 들었다는 건 마음에 걸렸지만 그런 표현을 할 수 있게 된 건 분명 놀라운 발전이다. 다섯 살에 머물러 있던 아내의 감정들이 서서히 나이를 먹기 시작했다는 증거였다. 그러고 보니 아내의 변화는 이미 진작부터 시작되고 있었다. 매일의 생활에 지쳐 내가 그것을 깨닫지 못했을 뿐이었다.

며칠 전엔 같이 누워서 TV 드라마를 보고 있었는데 아내가 갑자기 내게 물었다.

"저 둘이 헤어진 거야?"

화면 속에서는 두 남녀가 서로 등을 돌리고 걷고 있었는데 여자의 눈에서 눈물이 흐르고 있었다.

"그런가 보네."

"아까 싸우더니만……."

못내 안됐다는 듯한 말투였다. 나는 TV보다 아내를 보는 게 더 재밌고 놀라웠다. 언제부터 TV에 집중하기 시작했던 걸까? 그 전에는 내가 아무리 재밌게 봐도 아내는 모든 것에 시큰둥했다.

"저것 좀 봐. 저 사람도 당신처럼 아프네. 아이구, 집에 불이 났네. 저걸 어쩌나……."

옆에서 아무리 추임새를 넣어도 관심 밖이었다. 눈만 향하고 있을 뿐 정작 TV 속의 이야기에는 전혀 집중하지 않았기 때문이다. 그런데 어느새 아내는 달라져 있었다. 집중해서 보는 시간이 훨씬 길어진 것은 물론 가끔은 모르는 부분을 직접 물어보기까지 했다.

그러고 보니 아내의 이해력도 훨씬 깊어졌다. 전에는 내가 어딜 잠깐만 나가려고 해도 못 가게 잡았고, 외출 시간이 조금만 길어져도 언제 오냐고 보채던 사람이었다. 그런데 지금은 돈 벌러 간다고 하면 더는 잡지 않았다. 전엔 돈도 싫으니 무조건 가지 말라고 했는데 이젠 돈 많이 벌어서 빨리 오라고 말했다. 그렇게 할 수밖에 없는 이유에 대해 조금씩 이해하기 시작한 것이다.

되돌아보니 4년간의 침묵에서 깨어난 이후, 아내가 탁구공이 튀어오르듯 갑자기 좋아진 적은 한 번도 없었던 것 같다. '사랑'에서 '사랑해'로 한 글자 더 말하는 데도 일주일이 걸렸고, 유금옥 세 글자를 제대로 쓰는 데도 몇 달이 걸렸다. 그러나 시간이 걸리긴 했지만 어쨌든 1년 전과 한 달 전이 다르고, 일주일 전과 지금이 다르다. 아주 희미한 변화라 자세히 보지 않으면 눈치 채지 못할 수도 있고, 나조차 모르고 지나친 것도 있었다. 하지만 아내는 분명히 변하고 있었고 나는 이것을 기꺼이 기적이라고 부르고 싶다.

기적이란 어느 날 아침에 문을 열어보니 내 앞에 불쑥 당도해 있는 것이 아니라 하루하루 쉼없는 노력으로 그 거리를 조금씩 좁혀갈 때 비로소 만나게 되는 것이다.

물론 아직은 가야 할 길이 더 멀다. 아내가 온전히 제 힘으로 걸을 수 있는 날까지, 전처럼 말할 수 있을 때까지는 또 얼마나 더 오랜 시간이 걸릴지 짐작도 할 수 없다. 아내의 뇌에는 지금도 복막과 연결된 관이 장착되어 있고 그래서 여전히 감염의 위험으로부터 자유롭지 못하다.

사람들은 아내가 다치기 전으로 회복되는 건 거의 불가능한 일이라고 말한다. 얼마나 회복될 수 있을지, 그것이 얼마나 가능할지 그건 아무도 알 수 없는 일이다. 그건 우리의 몫이 아니다. 그것은 신의 몫이다. 다만, 내가 한 가지 자신할 수 있는 건 아내가 이 상태에 머물러 있도록 내버려두지는 않겠다는 것이다. 아무리 많은 시간이 걸려도 상관없다. 중요한 것은 포기하지 않는 것, 그것뿐이니까.

사람은 누구나 원치 않는 사고를 당할 수 있고 그 사고로 인해 한순간에 많은 것을 잃을 수 있다. 병은 우리에게 건강과 온전한 정신, 돈과 시간, 그리고 소중한 일상들을 뺏어간다. 아내도 많은 것을 잃었다. 그러나 딱 두 가지는 잃지 않았다. 그것은 목숨과 가족이다. 목숨이 붙어 있고 가족이 옆에 있는 한 우리는 무엇이든 할 수 있다. 가족이란 '간병인'의 역할만 하는 것이 아니다. 가족이란 '포기하지 않는 사람'의 다른 이름이기도 하다.

힘들지 않았다고 한다면 그건 거짓말일 것이다. 그러나 힘은 들었지만, 불행하진 않았다. 그건 아내가 살아서 옆에 있기 때문이다. 소중한 사람을 잃어본 사람들은 알 것이다. 그저 살아만 있어도 그것이 얼마나 감사한지를.

우리 가족에게만 대단한 일이 일어난 것도 아니고 7년간 내가 특별한 경험을 했다는 생각도 들지 않는다. 나는 7년간 그냥 아내 옆에 있었을 뿐이다. 그리고 그 시간 동안 나는 불행보다는 행복에, 고통보다는 기쁨에 속해 있었고, 그 사실을 누군가에게 꼭 말해주고 싶었다.

사람들이 가끔 내게 물어본다. 아내가 다 나아서 퇴원을 하면 뭘 하고 싶냐고. 내 바람은 딱 한 가지다. 그냥 평범한 하루하루를 살아가고 싶은 것. 저녁엔 식구들이 둘러앉아 식사를 하고 상을 물린 다음엔 텔레비전을 보면서 이야기를 나누고, 그리고 편안히 잠자리에 들고 싶다. 아침엔 일하러 나가고, 저녁 퇴근길에 사과라도 한 봉지 사들고 들어올 수 있다면 좋겠다. 가끔 아이들에게 잔소리도 하고, 아내의 바가지에 풀이 죽기도 했다가, 월급날이면 외식을 하면서 큰소리도 치고, 그렇게 살아보고 싶다.

전에는 미처 알지 못했던 평범한 날들의 작은 행복들, 얼마나 소중하고 감사한지 모르고 살았던 날들을 후회하며 늦게라도 그것들을 다시 알뜰하게 써보고 싶은 것이 나의 유일한 바람이다.

요즘은 아내의 노래를 듣는 날이 부쩍 늘어났다. 옛날처럼 잘 부르지는 못해도 곱던 목소리는 그대로다. 그 많은 노래들을 한 소절씩이나마 기억하고 있다는 것도 놀라운 일이었다.

휠체어를 밀며 산책을 나갈 때, 침대에 나란히 누워 있을 때, 머리를 빗겨주고 있을 때, 아내의 입에서 잠깐씩 흘러나오는 노래를 듣고 있노라면 잊었던 좋은 기억들이 하나둘 떠오르는 것 같다.

"당신, 노래 참 잘하네."

"잘해?"

"잘하네. 옛날에도 잘했는데 지금도 잘하네."

"내가 옛날에 노래 잘했어?"

"그럼 잘했지. 일하러 가는 길에, 일할 때, 또 일하고 집에 오는 길에…… 늘 노래 불렀잖아."

"그랬어? 어머, 많이도 했네."

"많이도 했지. 당신 노래 덕분에 일이 아무리 힘들어도 힘든지도 몰랐다니까."

"그래?"

그랬다. 그 시절엔 아내 노래 덕분에 일이 힘든지 몰랐고, 7년간의 병원생활 동안엔 아내가 언젠가는 다시 노래를 불러줄 거라는 기대로 그 시간들을 견뎌올 수 있었다.

생각하기 싫지만, 그래도 한 번씩 아내가 사고를 당한 날을 떠올려보곤 한다. 그날을 떠올리면 아내가 했던 말이 잊혀지지 않고 따라온다.

'여보, 내가 올라갈게.'

세월이 지나 다시 생각해보니, 그 말이 그저 아픈 말이기만 한 건 아닌 것 같다. 그것은 내가 아닌 아내가 사고를 당하게 만든 말이기도 했고, 그래서 아내가 나를 지켜낸 말이기도 했다.

아내가 내게 했던 말을 대신해 나는 아내에게 해줄 말을 많이 간직하고 있다.

'여보, 내가 지켜줄게.'

'여보, 내가 대신 울게.'

'여보, 내가 대신 아플게.'

'여보, 내가 더 많이 사랑할게.'

아내에게 해줄 수 있는 말은 수천, 수만 가지나 된다. 이 말들을 모두 지켜낼 수 있을 때까지 아내의 곁에 내가, 내 곁에 아내 유금옥이 있었으면 좋겠다.

침대에 누워 노래를 흥얼거리는 아내의 얼굴을 바라보면서 '오늘은
어떤 말, 어떤 약속들을 아내에게 할까' 생각했다.

문득 한 번도 안 해본 말이 떠올랐다. 이번엔 마음에만 새길 것이 아
니라 아내에게 직접 말하는 게 낫겠다. 나는 아내의 얼굴을 바라보며
말했다.

"여보, 내가 노래 한 곡 불러줄까?"

내겐 너무 예쁜 당신

1판 1쇄 발행 2005년 12월 23일
1판 3쇄 발행 2006년 1월 11일

지은이 | 이길수
편집인 | 김기중
발행인 | 박근섭
펴낸곳 | 민음사출판그룹 (주) 황금나침반
출판등록 | 2005. 6. 7. (제16-1336호)
주소 | 135-887 서울 강남구 신사동 506 강남출판문화센터 4층
전화 | 영업부 (02)515-2000 / 편집부 (02)514-2642 / 팩시밀리 (02)514-2643

값 9,500원

ⓒ 이길수, 2005. Printed in Seoul, Korea
표지 및 본문 사진 | 권태균

ISBN 89-91949-02-9 03810